Clovis

Tome IV de Djihad 4.0

Christophe Stener

Jamboree
Mai 2013

Ce 10 mai 2013, Philippe Tradoct, jeune prêtre, ordonné depuis un mois seulement, vérifia son havresac. Chef de groupe scout du groupement du Clan Saint-Benoît du Groupe Georges Cadoudal, il allait conduire sa troupe de routiers sur le chemin de Chartres. Le pèlerinage organisé, comme à chaque Pentecôte, par l'association Notre-Dame de Chrétienté, réunirait quinze mille croyants dont plus d'un millier de scouts catholiques.

« Tu es sacerdos in aeternum » (tu es prêtre pour l'éternité) avait chanté le chœur pendant son ordination par l'évêque. Tradoct se sentait investi d'une mission divine pour guider les pas des jeunes scouts chrétiens, lui l'ancien chef de groupe.

Le groupe Georges Cadoudal, le GC, dans le jargon d'acronymes cryptiques scout, se targuait d'être le plus pur et aussi le plus dur. Le plus pur, car, n'acceptant aucune concession au modernisme coupable introduit, selon eux, par le concile Vatican II, il était affilié à la FSSPX, La Fraternité sacerdotale Saint-Pie-X, la 'pieuse union' de prêtres catholiques intégristes, incarnée en France par monseigneur Marcel Lefebvre, évêque schismatique décédé en 1982. La publication du Motu Proprio Summorum Pontificum du pape Benoît XVI en 2007 réaffirmant qu'il n'existe qu'un seul rite romain, dont deux formes peuvent légitimement être employées au sein de l'Église : une « forme ordinaire » et une « forme extraordinaire », avait provoqué une division irréconciliable au sein du mouvement scout catholique ; les Scouts Unitaires de France, les SUF, se rangeant sous l'autorité du Vatican tandis que les groupes scouts intégristes, comme le GC, entraient en dissidence.

Le Pape Benoit XVI avait tendu la main aux ecclésiastiques dissidents et tenté de faire rentrer dans le giron de l'autorité ultramontaine les rebelles intégristes de la FSSPX mais ces derniers avaient refusé le joug du dicastère de la Congrégation de la foi. La FSSPX n'était pas aussi extrémiste que les sédévacantistes qui considéraient le trône de Saint-Pierre comme vacant depuis la mort de Pie XII en 1958, les pontifes suivants étant jugés hérétiques, des usurpateurs, des apostats. Le chef du GC ne dissimulait pas son inclination pour la communauté franciscaine des Frères mineurs fondée dans la mouvance de Mgr Pierre-Martin Ngô Dinh Thuc, communauté qui rejetait formellement Vatican II et s'affichait avec l'intégrisme catholique le plus radical notamment lors des dîners débats de Rivarol, le journal d'extrême droite ultranationaliste et antisémite auquel les piges occasionnelles de Jean-Marie Le Pen valaient une notoriété douteuse et épisodique.

Philippe se réjouissait de pouvoir célébrer la messe en tant que coadjuteur de Mgr Bernard Felat, le chef de la FSSPX, selon le rite tridentin, celui de Saint Pie V, en latin, à Chartres, après avoir conduit sa troupe scout en chantant des hymnes latins depuis Paris. Le gonfanon du GC flotterait hardiment au dessus des têtes blondes des jeunes scouts placés sous son autorité, s'enthousiasmait à l'avance le jeune prêtre à l'âme missionnaire.

Philippe avait décidé d'avaler les quatre-vingt dix kilomètres séparant Paris de Chartres en deux jours seulement afin de démontrer la supériorité virile de son groupe sur les Scouts Unitaires de France, les SUF, ou les Scouts d'Europe qui feraient, eux, quatre étapes. Seuls, à ses yeux, les gars de la Fédération des scouts et guides Godefroy de Bouillon, les GDB, seraient des rivaux sérieux lors des jeux intergroupes organisés lors du jamboree à Chartres. Le cri de guerre du GC : « GC, Emballe» leur avait néanmoins assuré l'année précédente une victoire à l'arraché sur leurs rivaux de GDB. Quant aux chiffes molles des SGDF, les Scouts et Guides De France, ils leur avaient mis une raclée dés le jeu d'orientation, arrivant vingt minutes avant eux au point de ralliement.

L'équipe emprunterait le GR 655, la via turonensis (la voie de Tours), celle qui part de Notre-Dame de Paris et conduit jusqu'à Compostelle. Ils communieraient à la messe de huit heures à Notre-Dame de Paris puis rejoindraient la porte de Vanves traversant Paris à pied. Les galéjades des passants goguenards de voir un curé en soutane emmener un groupe de jeunes, drapeau au vent et les coups de klaxon des voitures mécréantes, leur importaient peu. Les jeunes avaient la foi des Croisés et peu leur importait l'ironie d'un monde moderne qu'ils méprisaient. Les rares encouragements de quelques fervents chrétiens leur suffiraient comme viatiques.

Philippe vérifia son paquetage comme un marin partant en mer, mieux comme un soldat partant au front. Le nécessaire à couture pour réparer les toiles de tente, le couteau, la boussole, en tout trente cinq objets que tout scout se devait d'avoir en randonnée était complet. Il avait décidé construire le campement dans le parc naturel de la Haute Vallée de la Chevreuse, ayant repéré l'année précédente un pré en bordure de La Rémarde, près du centre équestre de Longvilliers. Le fermier était un bon catholique qui leur procurerait même du lait frais ! Cela leur ferait faire un détour mais il en profiterait pour exercer sa troupe par un exercice d'orientation. A cinq heures, il réveillerait son petit monde qui se débarbouillerait dans le ruisseau. Après une rapide action de grâce, la troupe reprendrait le chemin.

Les scouts, partis à neuf heures, après la messe de huit heures, - qu'ils appelaient improprement matines, leur expliqua Philippe car les matines sont une messe qui doit être prononcée au lever du jour -, de la cathédrale Notre-Dame, arrivèrent fourbus, après avoir parcouru les quarante cinq kilomètres de la première étape en dix heures, au campement. Il fallut encore dresser les tentes avant la nuit. Philippe gourmanda les plus paresseux et après un rata de fayots en boite précédé de laudes, tout le monde se coucha.

La troupe de dix scouts était répartie dans cinq tentes. Le sort désigna Louis pour partager le gourbi de Philippe. Louis admirait beaucoup Philippe qui exerçait sur lui une autorité à la fois de prêtre et de chef scout. C'était aussi pour le jeune garçon de treize ans un grand frère idéal. Aussi, quand au milieu de la nuit, il sentit Philippe l'embrasser dans son sommeil en lui disant "Chut, ne fais pas de bruit", il ne dit rien et se laissa faire. Cela lui sembla bizarre mais pas si désagréable de se faire embrasser par un garçon. Philippe devant la placidité du jeune garçon s'enhardit à ouvrir son sac à viande et à caresser l'entrejambe de l'adolescent. Sentant son érection, il libéra le sexe de Louis de son slip et le suça. Le garçon éjacula dans la bouche du prêtre qui se branlait en même temps. La fellation n'avait pas duré plus de cinq minutes. C'était la première fois que Louis jouissait. Il ressentit une grande volupté. Le lendemain, il croyait avoir rêvé et ce n'est que quand un autre scout lui demanda en catimini sur le chemin vers Chartres : "Alors, il t'a tripoté Tracto, - le surnom donné par les scouts à Tradoct, car son énergie était celle d'un tractopelle ? -" il ne répondit pas mais comprit qu'il n'avait pas fantasmé les attouchements du chef de groupe.

Louis devint le mignon, un des gitons, de l'abbé Tradoct à partir de cette nuit. Les jeux érotiques du prêtre se bornèrent jusqu'en 2016 à des fellations. Quand Louis Tradoct créa un Cercle de foi intégriste, Louis accepta de servir de secrétaire et de promouvoir le cercle en tractant à la sortie de Saint-Nicolas du Chardonneret.

Clovis
décembre 2015

Clovis ne s'appelait pour l'état-civil pas Clovis mais Martin. Ses parents l'avaient nommé Martin par référence à Martin Luther King, leur idole. Un prénom très français, euphonique, riche de références pacifistes qui ravissait leur âme babacool. Clovis était le 'nom de guerre' choisi par Martin, nom que ses parents ignoraient comme ils ne savaient rien de ses engagements dans les mouvements ultranationalistes.

Les parents de Martin/Clovis, Pierre et Élise, avaient 'fait mai 68', ce qui, à leurs yeux leur donnait un certificat de rebelles à vie. Ils s'étaient rencontrés lors d'une AG dans un amphi de la faculté de lettres de Panthéon Sorbonne où Dany le rouge (Daniel Cohn-Bendit) était venu, de Nanterre, prêcher les fils de bourgeois, les appelant à rejoindre le mouvement de contestation de l'état gaulliste. "Faites l'amour, pas la guerre" était un slogan simple, aussi évident qu'une parole du Christ. Un slogan facile à mettre en œuvre immédiatement et chacun des coïts des deux jeunes étudiants en lettres modernes leur semblait contribuer à la révolte.

Quand Pierre et Élise après avoir copulé sous les murs taggés de la faculté fondée par Robert de Sorbon au XIIème siècle se firent expulser par les CRS de Papon, ils décidèrent de prendre un congé sabbatique pour élever des chèvres sur le plateau du Larzac. Les seuls animaux qu'ils aient jamais vu dans leur vie urbaine étaient des chats et des chiens, des hamsters également et ils furent très perplexes devant le comportement chicanier des chèvres qui refusaient de se laisser traire et l'agressivité testotéronée du bouc. L'odeur sure des fromages en affinage mêlée au musc du bouc en rut finirent par épuiser leur enthousiasme; ils rentrèrent finir leur licence au bout d'un an d'eau fraîche et de mépris des vrais paysans à l'égard des hippies. Les soixante glorieuses leur furent propices. Pierre devint publicitaire et Elise rédactrice de mode. Ils purent acheter un appartement rue Montorgueuil, s'abonnèrent à Libération et à Canal +, et s'établirent dans une existence repue de bobos satisfaits.

Clovis avait été conçu sur le tard. Elise avait franchit le cap de la quarantaine. La chronique médicale de son magazine pour femmes modernes détaillait les risques accrus d'une grossesse tardive. Sans prévenir Pierre, elle cessa de prendre la pilule et conçut Clovis un soir de Saint-Valentin où le couple avait expérimenté le cadeau de Pierre très tendance chez les couples libérés : une paire de menottes et un canard sextoy Sonia Rykiel, après avoir fumé de l'herbe colombienne de première qualité procurée par le jeune pigiste qui draguait Elise au bureau. Pierre s'était installé dans le rôle du père moderne, portant le bébé en kangourou, changeant ses couches et lui donnant le biberon du milieu de la nuit.

Entouré d'amour, forci aux aliments macrobiotiques, dûment catéchisé par le récit de leurs barricades, ratiociné lors des dîners avec d'autres anciens gauchistes repentis et ventrus, Martin fut traité comme un adulte dés sa dixième année par des parents absents qui allèrent chercher une seconde jeunesse dans des accouplements adultères et décidèrent de divorcer 'en bonne intelligence' car ils étaient, évidemment, restés pacifistes dans l'âme. Martin de retrouva donc, à quinze ans, saturé de guimauve et de bons sentiments, affligé d'une marâtre tatouée comme Angelina Joly et de deux frères et sœurs trop jeunes pour être autre chose que des encombrements. Elise se mit en couple avec une jeune styliste black, exhiba une nouvelle coupe de cheveu à la Jeanne d'Arc et roulait des patins à sa meuf dans la cuisine. Pierre et Elise adressèrent à Martin les mots sentencieux du manuel de la psychanalyste Toldo 'Comment réussir son divorce en épargnant les enfants' et s'élancèrent avec enthousiasme vers la soixantaine. Martin se refusant à une garde alternée, ses parents cofinancèrent une studette située rue d'Aboukir à mi distance de leurs nouveaux domiciles.

Le jeunisme et l'impudeur de ses géniteurs libidineux dégoûtèrent Martin qui était encore puceau à dix-sept ans. Non qu'il fut vilain garçon mais, pudique, il était mal à l'aise par les vulgarités échangés par ses camarades de lycée qui visionnaient des vidéos porno en mangeant du pop corn, notant les enfourchements avec le flegme d'un jury de patinage artistique. La démystification complète de l'acte de chair, l'exhibitionnisme des couples hétéro, homo, bi et que savait-il encore, la trivialité cynique ne satisfaisait pas l'âme éthérée de Martin. Marginalisé, le jeune homme se sentait plus fort, car différent de cette consommation sans joie de sexe et de Red Bull.

Non baptisé, Martin fut mystique avant d'être croyant. L'Eglise catholique et romaine lui apparut comme une nouvelle Jérusalem. L'éblouissement, parce qu'il se convertit en un instant, lui vint d'un reportage à la télévision sur les JMJ (Journées Mondiales de la Jeunesse) de Lourdes en juillet 2013. Il vit des jeunes hommes et des jeunes femmes, épanouis, gais, rieurs, blaguant mais exprimant leur foi avec des mots simples, comme des évidences. Martin, sans en informer ses parents, alla assister à la messe un dimanche, à Saint-Eustache. La nef immense semblait déserte des quelques dizaines de paroissiens mêlés de touristes japonais venus assister au culte exotique. Le prêtre, un jeune curé sans âge, entre vingt et trente ans, maigre comme un anachorète, adressa une homélie sobre, austère, d'un style oratoire sans emphase, mais dans un français très pur. Martin prit l'habitude de venir assister aux offices dominicaux, apprenant le cérémonial, sans communier, mais en communion avec les autres assistants.

Parcourant des sites chrétiens en ligne, il fit sa catéchèse en MOOC (Massive Open Online Course). Les bases de l'enseignement chrétien acquises, sa navigation internet le conduisit sur des sites intégristes qui prônaient une lecture rigoriste de la religion et critiquaient la perversion des mœurs modernes qui "ruinaient les bases de la civilisation chrétienne : le mariage, la sexualité maîtrisée et légitime seulement si procréatrice, le rejet des aggiornamentos dangereux de Vatican II. Le Pape François n'était pas critiqué ad hominem mais, plus subtilement, décrit come manipulé par des laïcs progressistes rivalisant avec une Curie dominée par les cardinaux traditionalistes. Joseph Alosius Ratzinger était encensé, par contraste, comme ayant, été l'un des derniers à tenir un cap ferme. Les catholiques traditionalistes exaltaient leur combat pour une régénération du 'véritable christianisme' comme une nouvelle Croisade. Les persécutions subies par les prêtres desservant l'office en latin, les images des églises profanées par les CRS, modernes soldats romains au service de la république laïciste, frappèrent l'imagination de Martin.

Il alla un mercredi matin assister aux matines à l'église de Notre-Dame du Chardonneret où officiait un prêtre lefebvriste. Moins d'une dizaine de fidèles assistait au service. Le prêtre était vieux. Sa voix ne portait pas et on entendait seulement les modulations des répons chantés en latin d'église. Les rares ouailles s'étaient regroupées sur les deux premiers rangs, formant une garde silencieuse au culte proscrit. Un jour blême laissait le chœur dans une ombre humide et froide. L'autel était éclairé d'un grand cierge pascal, A la fin du service, un très jeune scout marin, en culotte courte, distribuait un prospectus que Martin fourra dans sa poche et attendit de se retrouver dans sa studette pour lire. Un cercle de foi de jeunes chrétiens se réunissait chaque mercredi soir, dans un local, mis à disposition par la congrégation de FSSPX. Le local était situé dans le quartier de l'Odéon. Martin décida de s'y rendre le soir même.

A 18:00, Martin se présenta à l'adresse désignée où il fut accueilli par le même scout marin, toujours coiffé de son pompon, qui ne semblait pas mesurer l'originalité de sa vêture en ce Paris terrien.

-       Je m'appelle Jean. Bienvenue ! Les autres vont arriver; on devrait pouvoir ouvrir les travaux dans dix minutes, lui annonça souriant le jeune louveteau en lui serrant la main d'une poignée virile.
Une dizaine de chaises d'église formaient un cercle dans une salle d'études à en juger par un tableau noir et un pupitre désert.

Un jeune séminariste à la mine allongée arriva, puis une dame chic d'une soixantaine d'années, ensuite un vieux monsieur, gourmé comme un ancien militaire, le vieux curé du matin, un couple de demoiselles modestes. Martin désespérait un peu d'être le seul jeune dans ce cénacle, le jeune scout marin ne comptant pas, étant là dans un rôle d'enfant de chœur. Les participants étaient assis en cercle, les yeux baissés, en pénitence, les mains crispées dans leur giron. On attendait manifestement encore quelques affidés. On entendit alors le pas allant d'un groupe qui parlaient gaiement dans le couloir; trois jeunes, deux garçons et une jeune fille, de l'âge de Martin entrèrent dans la pièce en un instant ayant mis un visage sérieux sur leurs sourires qu'ils éteignirent. La pièce sembla éclairée par l'apparition des trois jeunes. L'un des garçons arborait une sweat à capuche, l'autre, plus BCBG, un loden Old England. Le pli gracieux d'un ris non encore effacé marquait encore la lèvre de la jeune fille qui était vêtue d'un jean et d'un chandail moulant sa jeune poitrine. Martin désira la jeune inconnue.

Le jeune séminariste prit la parole le premier, remerciant chacun d'être venu et proposant un tour de table de présentation mutuelle "puisque nous avons le plaisir de recevoir un nouveau membre". Sept regards se tournèrent à ces mots sur Martin. Martin comprit que le 'groupe de foi' fonctionnait comme les Alcooliques anonymes et aussi que, sans hostilité, les autres devaient s'assurer qu'il n'était pas un provocateur. Il devrait donc se dévoiler avant de connaître l'identité des autres et donc il ne saurait jamais le nom de la belle inconnue car, nul doute que, découvrant qu'il n'était pas même baptisé, il ne soit exclu hic et nunc du cercle de foi.

Bizarrement, sans timidité, Martin se lança. Il déclara d'emblée qu'il n'était pas baptisé et fit une pause. La dame BCBG frémit, le vieux prêtre leva un sourcil préoccupé, les deux jeunes hommes attendirent un signe du maître de cérémonie pour expulser le païen mais le séminariste, invita, avec onction, Martin à poursuivre. Martin expliqua alors qu'issu d'un milieu incroyant, il se sentait chrétien et catholique de par des lectures et l'assistance aux messes dominicales. Il pensait avoir la foi, déclara-t-il, fermement mais modestement. Il cita les sites intégristes qui l'avaient orienté vers eux et le hasard de cette rencontre.

Levant les yeux sur ELLE, il croisa son regard qui ne perdait aucun de ses mots, le visage serein, fraternelle, attentive.

Le séminariste remercia Martin pour son propos franc et sincère et lui dit qu'il lui fallait, compte tenu qu'il n'était pas baptisé, consulter les autres pour savoir s'il pouvait être associé à leurs travaux et suggéra qu'il laisse à notre 'secrétaire' désignant le jeune scout, un numéro de téléphone ou un email pour qu'on puisse lui faire savoir s'il serait admis aux mystères de la prochaine réunion.

Martin remercia et rentra chez lui fou d'amour.

Clothilde
Janvier 2016

Le lendemain, Martin reçut par sms un numéro de téléphone à rappeler. Il reconnut la voix onctueuse du jeune séminariste qui lui annonça qu'il était porteur de bonnes nouvelles :

- De la bonne nouvelle, devrais-je dire, puisque le groupe serait heureux de vous accueillir mais seulement quand vous vous serez devenu chrétien par le baptême. Le Père Benoit qui est notre directeur de conscience pourrait vous baptiser mais il faut que vous soyez sûr de votre foi. Donc nous vous demandons d'y réfléchir une semaine et puis de revenir à moi. Si vous êtes fermes dans votre résolution, nous organiserons les séances de préparation à la cérémonie qui sera célébrée selon le rite traditionnel, c'est-à-dire en latin.

Lors des séances de préparation au baptême, Martin reçut l'enseignement des principes de l'Eglise qu'il connaissait déjà de par son auto-éducation 2.0. On trouve même des cours de catéchisme avec des QCM sur internet que l'on peut réviser comme le permis de conduire. La difficulté pour Martin fut de trouver un parrain et une marraine pour la cérémonie car il avait tenu dans le secret de sa conversion ses parents et tous leurs amis étaient des agnostiques. Il pensa un moment demander au séminariste d'être son parrain mais cela était impossible aux personnes ayant prononcé des vœux et le séminariste avait déjà reçu les ordres mineures. Le colonel en retraite et la dame chic acceptèrent avec enthousiasme de servir de parrain et marraine. Tenir, au sens figuré, sur les fonds baptismaux, une nouveau chrétien anima en eux l'ardeur des chrétiens des catacombes. Le colonel lui offrit même une montre ancienne, un vieux chronomètre LIP " qui avait fait l'Indochine " et la dame patronnesse une médaille à l'effigie de Saint Martin, protecteur de la France, lui apprit-elle.

Martin, converti, admis à participer aux réunions du groupe de foi, se présenta, le mercredi suivant son baptême, à la réunion mais fut très déçu de l'absence de l'inconnue. Seuls les deux garçons étaient là mais, loin de l'accueillir chaleureusement comme les adultes, ils lui battirent froid et Martin n'osa leur demander des nouvelles de leur camarade ou sœur. Quatre réunions s'enchaînèrent ainsi. Martin appréciait les échanges entre les participants qui mêlaient références religieuses tirées de lecture pieuse et critiques de la dégénérescence des mœurs modernes. Le séminariste annonçait le thème de travail de la semaine suivante afin que chacun se prépare : la famille chrétienne, le rôle de la foi dans l'engagement citoyen, la prière au quotidien, la charité chrétienne, organisaient ainsi leurs discussions. L'esprit de Martin s'animait à ces échanges mais son cœur restait vide de l'absence de la jeune fille.

Un jour enfin, elle revint, expliquant au groupe, en forme d'excuse à son absence, qu'elle avait été souffrante mais qu'elle était complètement rétablie. A la fin de la séance de discussion, elle vint à Martin et lui tendant une main fraîche, déclara en souriant :

- Content de te voir parmi nous. Je m'appelle Clothilde. Toi c'est Martin, c'est ça.

Martin fut ému de ce qu'elle se soit enquise de son prénom, en son absence, probablement auprès des garçons dont il ne savait pas s'ils étaient des frères, cousins ou soupirants mais qui l'entraînèrent après un « Salut ! » indifférent à l'adresse de Martin.

Plusieurs semaines se déroulèrent ainsi en discussions religieuses. Clothilde participait activement. Elle était même la plus virulente pour dénoncer la « pornographie des média, la perte de repères chrétiens ». Quand elle se lançait dans une de ses philippiques contre le dévoiement de la foi chrétienne par le « suivisme moderniste de quelques clercs égarés », sa voix vibrait. Son visage, si serein un instant auparavant, irradiait d'une ardeur passionnée, extatique. Elle brûlait d'un feu intérieur qui surprenait, faisant passer la jeune femme du calme à l'anathème. Martin la regardait, subjugué par ses convictions ardentes, intimidé aussi par la sensualité de sa voix quand elle condamnait le libertinage. Les deux garçons se tenaient silencieux, l'encadrant comme ces archanges indolents des tableaux de Mantegna, qui, appuyés sur leur lance, semblent absents à la scène mystique. Duègnes masculines, ils la conduisaient et la raccompagnaient faisant obstacle de leur corps à tout rapprochement de Martin qui tramait une semaine à l'avance une disposition de chaises propice à ses travaux d'approche. La passion dialectique de Clothilde l'intimidait tant que même sans leur défense muette, il aurait hésité à l'aborder tant la vierge militante l'intimidait. Réveillé la nuit par des érections provoquées par son image, il se comptait au nombre des lubriques dénoncés avec l'assurance d'une Sainte par Mathilde.

Le carême de Martin dura ainsi deux mois jusqu'à une réunion où il faillit ne pas aller, frustré de ne pouvoir se tenir près d'ELLE

en adorant muet, respirer l'air qu'elle respirait. Mathilde était venue seule ! Elle excusa ses frères en expliquant qu'ils avaient du accompagner leur père dans une obligation familiale. Pendant toute la réunion qui portait sur l'Eucharistie, Martin resta en retrait, cherchant désespérément une phrase pour oser aborder Mathilde. La réunion s'acheva comme de coutume à 19:00 et chacun repartit comme des conspirateurs après un mot de remerciement et l'annonce du thème de réflexion du mercredi suivant par le séminariste. Clothilde et Martin sortirent ensemble de la réunion, ayant cédé le pas par politesse aux adultes. Martin regardait ses pieds gauchement quand il entendit celle qui lui apparaissait dans ses rêves érotiques comme une goule, lui dire :
- Tu as le temps de prendre un café ?

Martin bredouilla que oui et quelques instants plus tard, ils se retrouvaient attablés dans un bistrot au milieu de jeunes de leur âge, bruyants, chacun tenant sa chacune; deux filles s'enlaçaient les doigts sans vergogne. Clothilde semblant indifférente à Sodome et Gomorrhe parlait avec animation sans baisser la voix se moquant d'être entendue ou non.

Dans le brouhaha, Martin et elle étaient isolés.

-       Tu sais, c'est super que tu te sois baptisé ! C'est des gens comme toi qui me donnent le courage de vivre ma foi sans considération pour les tièdes qui allongent leur foi avec de l'eau bénite.

Martin fut un peu décontenancé par les formules à l'emporte-pièce de la passionaria catho mais ne voulut pas sembler ridicule en restant interdit.

-       Oui, j'ai croisé le Christ. Il est venu remplir un vide. Je ne savais pas trop quoi faire de ma vie, coincé entre deux parents bobos qui n'ont que des qualités prosaïques et des études sans grand intérêt car je suis dans les premiers de ma 1ère au lycée Louis le Grand, sans faire d'effort.

-       Moi, je suis tombé dans la religion toute petite. Mes parents se vouvoient et nous élèvent avec l'indifférence de fils de roi tant ils ont peur de montrer leurs sentiments. Mes frères se croient obligés de jouer aux défenseurs de ma vertu comme si je m'appelais Colomba. Pour te dire la vérité, ils s'ennuient ferme dans le groupe de foi mais ils se sont créé la consigne de me servir de body guards. C'est flatteur mais surtout pesant.

- Oui, mais dés la semaine prochaine, je ne pourrai plus te rencontrer en tête à tête...

- Mais si, on peut s'organiser. Tu es au lycée Louis le Grand, moi je suis à Carnot. On peut prendre un café entre deux cours. Il suffit d'échanger nos téléphones.

- Mais c'est que je ne voudrais pas que tu croies que...

- ... que je crois quoi ? Que tu me dragues ? Aucune chance. J'ai décidé de prendre le voile dès que j'aurais passé mon bac car je serai alors majeure. Ma mère y est opposée, ce qui est surprenant pour une soi-disant bonne chrétienne. Elle a envie de jouer à la grand-mère, cela ne s'invente pas ! Elle qui a du m'embrasser dix fois dans ma vie ! De toutes façons, je m'en fiche, j'ai la vocation, donc ne te fais pas d'illusions. Je souhaite conforter ta foi. Tu es pour moi un terrain d'expérience de mon prosélytisme, pas une amourette. Ceci étant, si tu n'es pas capable de gérer ta libido et de te contenter d'une relation platonique, tu vois la brune là-bas au bar, elle te matte depuis tout à l'heure, tu as une ouverture.

Clothilde fit mine de se lever fâchée. Martin lui prit la main et lui demanda de se rasseoir en s'excusant. D'avoir dominé le serpent, Mathilde était lumineuse, exaltée d'avoir constaté son pouvoir sur le désir de Martin. En fait, réalisa Martin, Clothilde parlait de sexe avec le même aplomb que les jeunes de leur âge mais là où leurs semblables revendiquaient le droit à jouir, elle revendiquait le droit à la chasteté. Ses anathèmes enfiévrés contre les libidineux étaient orgasmatiques.

Martin quitta Mathilde, se sachant amoureux et qu'elle se laisserait désirer comme une idole intouchable pour lui être une ordalie sur le chemin de la purification.

Mathilde était sadique sans même le réaliser, Martin sut, lui d'emblée, que sa relation serait plus masochiste que platonique tant il la désirait.

Désir et frustration

Clothilde et Martin étaient tous deux très bons élèves; ils se privaient de déjeuner pour passer une demi-heure chaque jour, de sustentant d'un café et d'un œuf dur sur le zinc. Ils prirent la douce habitude de se retrouver dans le même café. Le patron les accueillait d'un "Bonjour les amoureux !" qui gênait Martin mais amusait Clothilde.

Martin avait le sentiment de brûler les quelques années qui les séparaient de la prise de voile de Clothilde. Elle était déterminée à entrer chez les sœurs Clarisse, un ordre monastique cloîtré, l'ordre des Pauvres Dames, créé en 1212 par Claire d'Assise, à la demande de François d'Assise. Elle avait, annonça-telle à Martin, enthousiaste, un jour de décembre, rencontré la veille la Mère supérieure du couvent qui, loin de la conforter dans sa vocation, lui avait recommandé de s'affermir dans sa résolution par un investissement dans le monde séculier :

-       Être religieuse cloîtrée ne doit pas être une pénitence mais une grande joie. Pour que vous viviez votre vie moniale de manière heureuse, il importe que vous n'emportiez pas avec vous du monde extérieur le regret de celui-ci. Les joies de la maternité sont grandes. Être aimé charnellement dans une union chrétienne également. Notre pape François l'a rappelé dans sa lettre apostolique Amoris laetita. Vivez, vivez et prenez le risque de mettre en danger votre vocation pour qu'elle ressorte soit affermie soit transformée en une famille chrétienne. La voie du monastère n'est pas sans retour mais si vous deviez briser vos vœux et renoncer au voile plus tard, toute votre vie serait amère; donc regardez en vous, ma fille et revenez me voir dans six mois.

Martin se joignit aux louanges de Clothilde de la sagesse de la Mère du Christ sanglant, son nom de moniale, mais, in petto, espéra que Clothilde puisse être sensible à sa respectueuse adulation et accepte de devenir son épouse devant Dieu.

- Et que penses-tu faire maintenant pour éprouver ta vocation ?

- On va flirter ! répondit gaiement Clothilde

- ???

- Oui, il faut que je sois sûre de moi pour que je puisse devenir la fiancée du Christ et renoncer aux plaisirs terrestres dont celui de la chair. Tu es mon ami et je sais que tu es un peu amoureux de moi ; si je devais tomber amoureuse ce serait de toi. Donc si on résiste tous les deux à l'envie de coucher ensemble, cela démontrera que je suis capable de rester chaste.

Clothilde enlaça les doigts de Martin qui frémit et rougit visiblement.

- Tu vois, cela va être difficile pour toi mais j'ai confiance en toi. Tu es le seul avec lequel je puis m'assurer que je sais dominer ma sensualité. Dis, tu veux bien ?

- Oui. Oui, enfin si vraiment c'est ce que tu souhaites, on peut essayer mais ce n'est pas si simple pour un homme.

- Je sais. Il faut que la chair exulte; c'est physique et la masturbation est un pis-aller nécessaire pour vous autres les garçons. Mais, rassure-toi, ce n'est pas grave, tu auras un jour prochain une bonne petite épouse et vous aurez beaucoup d'enfants conçus dans la joie du Christ. L'épreuve ne durera que six mois, comme des fiançailles morganatiques. Dans six mois, je prononce mes vœux et tu viendras ensuite me voir à travers la grille du parloir une fois par an lors des visites autorisées. On s'écrira. Tu me raconteras tes succès dans le monde et un jour tu viendras avec ta future femme.

Clothilde annonçait les étapes suivantes avec sa gaieté habituelle comme une partie de campagne. Martin restait silencieux, tenté de refuser de servir d'amadou à leurs ardeurs interdites mais comment le dire à Clothilde sans apparaître égoïste et trivial. Il la désirait intensément mais son estime lui était encore plus nécessaire que l'épanchement de son désir. Il accepta donc sans réaliser dans quel via dolorosa de frustrations sexuelles il s'engageait.

Mutine et délicieusement impudique, Clothilde lui prit la main pour sortir du café et l'embrassa au coin des lèvres en le quittant, lâchant rieuse : « A demain, mon beau ténébreux ! ».

Ordalie
Avril 2016

Quelques rendez-vous se déroulèrent sans trop d'encombres. Clothilde jouait un peu avec ses nerfs en lui disant blagueuse qu'il avait la mine tirée de quelqu'un qui a mal dormi tout en lui prenant la main comme pour tâter son pouls. Martin souriait jaune, mal à l'aise, se sentant déshabillé par son regard, comme si elle avait su qu'elle l'avait visité la nuit passée, dans ses rêves, comme un succube. Lui qui était peu sportif s'inscrivit à un stage de Ju-Jitsu pour épuiser son énergie mais le sensei (maître en arts martiaux) eut la mauvaise idée de leur faire faire des katas mixtes. Martin, craignant de ne pas maîtriser le risque d'érection dans des corps à corps, opta pour la natation, parcourant deux kilomètres dans l'eau froide de la piscine municipale de Champerret. Clothilde le félicita ironiquement de cette lubie sportive en disant, après lui avoir infligé un bécot de Tantale : « Tu sens la Javel mon minou ! ».

Le pire était à venir car, après avoir réussi à faire bonne figure pendant cinq mois aux agaceries de Clothilde, elle lui annonça :
- Dans un mois, je vais pouvoir, grâce à toi, annoncer à la Mère supérieure que nous avons réussi à flirter sans aller au-delà de nous tenir par la main et quelques bécots volés par moi mais je pense, à la réflexion, que c'était trop facile de bien nous tenir en public. Il faut qu'on se mette vraiment en danger. J'ai annoncé à mes parents que je devais passer le week-end avec une amie qui est une complice. En

réalité, elle jalouse ma vocation et rêve de me voir perdre ma virginité dans tes bras; donc on va la décevoir. Je vais passer le prochain week-end chez toi, dans ta chambrette et, comme tu n'as, j'imagine qu'un lit, on devra dormir ensemble comme frère et sœur. On en profitera pour regarder quelques films et aller voir une exposition ensemble. Je te ferai la dînette comme une petite femme. J'ai confiance en toi, je sais que tu ne vas pas me violer, même si l'envie ne t'en manque pas !

Martin dit que cela ne lui semblait pas une bonne idée, tentant d'objecter piteusement que sa chambrette était minuscule, qu'il n'avait qu'une douche dans la pièce même et un lit minuscule. Clothilde rit :
- Pour que cela soit une épreuve réussie il faut bien que l'on soit l'un sur l'autre, enfin, je veux dire, dans une certaine promiscuité sinon ça ne prouverait rien. Tu es certain que tu refuses ? Je te laisserai me regarder en loucedé sous la douche.
Martin eut envie de la violer là, sur la table du café tant elle mit d'érotisme dans sa voix.

- Tu es complètement dingue. Comment veux-tu que je ne désire pas te prendre dans mes bras si tu te promènes nue dans mes dix mètres carrés !
- Saint Antoine a bien réussi lui ! Écoutes, tu es le seul garçon qui m'aura vue nue avant que je ne prenne le voile. C'est le cadeau que je fais à notre amitié. Toute ta vie, tu pourras de remémorer ce moment en te félicitant d'avoir résisté à l'envie de viol car tu es plus civilisé que les autres garçons et que tu le fais pour moi et pour le Christ.

La nuit de Saint Antoine
mai 2016

Martin, comme la plupart des garçons, ne rangeait pas et ne faisait jamais de ménage. Il se surprit de la quantité de poussière et de la crasse de son 'nid d'amour' comme l'avait plaisanté Clothilde en le quittant la veille. Il nettoya à fond la douche, honteux que les WC soient à l'étage, imaginant Clothilde devoir trotter menue, en nuisette, les pieds glacés sur les tomettes, pour aller faire son pissou de fille dans les toilettes glacées par un vent coulis. Lui, il pissait dans l'évier mais il allait devoir adopter un comportement civilisé pendant leur brève mais interminable intimité. Il imagina mettre quelques fleurs mais y renonça car cela semblerait sissy (fleur bleu) alors que Clothilde voyait ces deux nuits à passer ensemble comme une retraite pré-monastique. Et puis, que lui faire à manger. Il ne prenait que ses petits-déjeuners chez lui, ramenant une pizza surgelée. Ses draps ! Il avait oublié de regarder ses draps. Il constatât avec horreur les traces d'incontinence érotique nocturne mais il n'avait qu'une paire de draps que sa mère lavait une fois par mois. Que faire ? Martin découvrit ainsi le monde des laveries automatiques, émerveillé que pour cinq euros, on puisse laver autant de choses. Pour ce qui est du menu, il se décida pour des spaghettis bolognaises, du coca cola et des pommes. Son maigre budget et sa mini plaque de cuisson ne l'autorisaient pas à envisager une cuisine de chef. Pour les activités culturelles, il avait force films sur son ordinateur téléchargés sur des sites pirates mais aussi quelques DVD classiques notamment une intégrale Eisenstein, parfaitement 'tue l'amour' qui lui sembla de bon aloi. Ils n'allaient quand même pas regarder Love story ou une autre bluette sentimentale ! Martin qui dormait en slip et en T-shirt et se demanda s'il devait faire l'investissement d'un pyjama. Non, ce serait ridicule, décida-t-il, il opta pour le pantalon de survêtement et un slip comme cela il pourrait dissimuler une très probable érection. Cet accoutrement lui ferait une ceinture de chasteté.

Ces préparatifs de campagne satisfirent Martin qui se jugea un fort stratège pour réduire au maximum les plages de danger coïtal. Il proposerait à Clothilde d'aller voir Femmes sans mari, un film iranien qu'il espérait parfaitement déprimant sur la condition des femmes kurdes iraniennes pendant la guerre irako-iranienne. La contemplation des tchadors et des interdits sexuels islamiques les conditionneraient, espérait-il, à la chasteté. Autre option : l'exposition au Louvre sur l'image du Christ en croix qui les conforterait dans une heureuse disposition mystique. Les pâtes cela fait dormir si on n'y met pas de piment. Le Coca Cola cela excite; il changea donc son menu pour de l'eau plate. Voulant protéger la vertu de Clothilde et mériter sa confiance, Martin jugea prudent de tuer la bête qui sommeillait en lui et le vendredi après-midi, à quelques heures de la venue de la jeune fille qui allait comme Daniel descendre au milieu des lions, il alla nager trois kilomètres puis, rentré préparer leur dinette, il se branla, honteux de penser au corps de Clothilde qui allait être là pendant cinquante heures à deux mètres de lui le jour et quelques centimètres la nuit. Il avait décidé de dormir sur sa chaise mais, cette résolution il ne lui annoncerait que quand elle serait là.

A dix neuf heures précises, il entendit le pas menu de Clothilde qui cherchait le numéro de sa chambre de service au

6ème et dernier étage. Les autres chambres étaient occupées par des étudiants qui retournaient pour la plupart dans leur famille le week-end et par quelques bonnes qu'il croisait dans l'escalier. Au premier toc de Mathilde, Martin ouvrit à la jeune mystique qui entra essoufflée en disant très vite :

\- Et bien dis donc, Tristan Bernard disait que le meilleur moment quand on allait rejoindre sa maîtresse, c'était dans l'escalier, quand les illusions sont complètes; monter chez toi, c'est une vrai via dolorosa ! Ouf, me voila arrivée.

La jeune fille, pour dissimuler son trouble, affichait un entrain excessif occupant en un instant tout l'espace de la chambre de bonne. Martin s'efforçait de ne pas la frôler, s'effaçant avec des habilités serpentines devant elle. Clothilde ne lui fit pas sa bise/baiser habituel ce qui trahissait sa gène. Martin proposa de ressortir immédiatement pour manger un Mac Do puis d'aller au cinéma voir une reprise de la Jeanne d'Arc de Dreyer lui affirmant qu'il en avait lu une excellente critique dans Le Monde.

-      Tu me prends pour Jeanne d'Arc ? C'est ça, rétorqua, gouailleuse, la jeune fille. Non, je suis trop fatiguée pour ressortir et j'ai les jambes cassées à l'idée de refaire deux fois six étages pour contempler les muettes extases de mademoiselle Falconetti. En vérité, je suis incollable sur la virginale soldate de Dieu. J'ai vu toutes les adaptations cinématographiques de sa vie, ses biopics comme ont dit maintenant. J'aime particulièrement l'interprétation d'Ingrid Bergman celle de Jean Seberg me semble trop maniérée par contre. Mila Jovovitch ou Sandrine Bonaire sont kitsch. Geraldine Farrar était presque plus sobre, c'est tout dire. Dis-donc, j'ai fauché une bouteille de bordeaux au paternel et acheté un saucisson et du pain, on va se faire un casse-dalle comme les prolos !

-      Bon, tu sais, je n'ai que des spaghettis et des pommes, j'avais prévu de faire des courses avec toi demain ne sachant pas ce qui te ferait plaisir.

- Des spaghettis, génial ! Comme dans la belle et le clochard ! Il ne manque plus qu'une bougie. Tiens, je vais mettre "O sole mio" sur mon portable.

Le bordeaux se révéla un Margaux deuxième cru, un Rozan-Ségla, de 1990, qui devait valoir un trimestre d'argent de poche de Martin et aurait mérité mieux que deux verres à dent. Clothilde avait jeté sa doudoune sur le lit et délacé ses Converse; elle se tenait assise en position de lotus, regardant avec malice le garçon déboucher maladroitement la bouteille et sortir deux assiettes dépareillées.

- Si tu veux, on peut regarder un film sur mon ordi, ou alors un DVD. Je te laisse regarder ce que j'ai puisque je vois que tu es cinéphile.

Clothilde fouilla la vingtaine de DVD et en profita pour parcourir la petite bibliothèque composée principalement de classiques français et russes, Flaubert et Dostoïevski, notamment.

- Génial, tu as un Cassavetes que je ne connais pas, Love streams ! C'est bien ?

- C'est, à mon avis, un des meilleurs Cassavetes, son derniers film. Il est mort de cirrhose du foie quelques mois après. Moins connu que Husbands ou Opening night mais Gena Rowland y est prodigieuse. C'est tourné chez eux avec des moyens minimalistes, une série de plan séquences et de silences comme il affectionnait. Complètement incohérent en apparence mais en réalité un pathos splendide ponctué des haussements de sourcils de John et des torsions de bouche de Gena.

- Tu vois, encore quelque chose que nous pouvons partager, le cinéma. Mais ton eau bout pour tes pâtes !

Martin tira une table basse prés du lit et, côte à côte, ils commencèrent leur dînette. Cet échange cinéphile avait détendu l'atmosphère un peu contrainte des premiers instants. Clothilde et Martin trinquèrent avec entrain. Le vin capiteux rougit les joues des deux adolescents timides et bientôt ils riaient de tout et de rien, se coupant la parole pour achever la phrase de l'autre, se souriant, complices. A vrai dire, Clothilde était un peu paf et dodelinait un peu contre Martin. Le Margaux leur faisait trouver tout délicieux, le saucisson auvergnat, le pain, les spaghettis. Clothilde décida qu'il fallait qu'elle accomplisse un de ses "phantasmes" : "manger une spaghetti comme dans le film de Walt Disney. Martin que le vin avait désinhibé, ne sut pas refuser. Clothilde, décidant d'immortaliser cet instant par un selfie, saisit son smart phone. Face à l'œil électronique, Martin et Clothilde, Belle et Clochard, se retrouvèrent aux deux bouts d'un spaghetti. Martin mangeait la pâte le plus lentement possible pour retarder le moment du contact de leurs deux lèvres mais Clothilde, espiègle aspirait son extrémité avec ardeur et planta un franc baiser sur les lèvres du garçon.

-    Bon, regardons la photo maintenant ! Ah non, elle est ratée, mal cadrée et surexposée. On recommence !

Clothilde exigea de reprendre leur double suçotement, n'admettant qu'au cinquième cliché qu'il lui convenait. Chaque baiser était de plus en plus voluptueux et Martin de plus en plus troublé par ce supplice de Tantale. Clothilde, délivrant enfin le martyre, envoya 'le bon cliché' par sms à Martin pour « qu'il garde un souvenir de cette soirée spaghetti ».

Le repas achevé, Clothilde annonça joyeusement : "Et maintenant soirée pyjama !" en sortant triomphalement un pyjama en pilou de son sac à dos. "Ouf, un vrai tue l'amour !" pensa Martin en regardant la douillette rose layette de la jeune fille.
- Tu fais la vaisselle mon loup. Pendant ce temps, je me douche. Comme cela tu ne seras pas perturbée par ma nudité, minauda Clothilde.

Martin, reconnaissant, tourna donc le dos à la jeune fille en lavant méticuleusement la vaisselle mais il entendait le bruissement des vêtements retirés, imaginant le pull tiré au dessus de la tête, ardant les deux seins encore enfermés dans un soutien-gorge pudique, entendant les deux baskets lâchés sur le petit tapis qui protégeait du froid des tommettes désunies; un frôlement ensuite, celui de la contorsion de la jeune fille qui s'extrayait de son jean; un moment encore, presque silencieux, Clothilde avait du libérer ses deux jeunes seins qui devaient être comme les deux faons du Cantique des cantiques ; elle était nue maintenant, pire, seulement 'vêtue' de son slip; Martin repassa pour la dixième fois l'éponge sur les assiettes propres, attendant le bruit de la douche pour oser se retourner mais s'il se retournait, il la verrait nue sous la douche; comment faire ? La tentation était insupportable; Martin bandait et il se demandait comment dissimuler cette impudique ardeur à la jeune fille; dés qu'il lui ferait face, elle ne pourrait que remarquer son érection; c'était une de ces érections d'adolescent qui peut tenir une heure durant, que seule la masturbation ou la plongée dans un bol de glaçons pourrait apaiser mais il n'avait pas de frigidaire et se trouvait fort marri; levant les yeux sur la glace, il aperçut involontairement le dos et les fesses garçonnes de la naïade; l'eau coulait sur les épaules de la jeune femme, soulignant et troublant les lignes de son corps; la cabine de douche formait un moucharabieh de gouttes d'eau; le ruissellement sur les formes juvéniles et hermaphrodites de la baigneuse emplissait d'un bruit de cataracte l'espace humide; Martin ressentait physiquement le passage de l'eau sur la peau de Clothilde comme si c'était sa propre aspersion; il était avec elle sous la douche, fermant les yeux pour ne pas imaginer mais imaginant les frôlements des mains de la jeune femme sur ses cuisses, son dos, son visage, son intimité; le supplice dura cinq minutes interminables; le bruit de la douche cessa; un pied mignon se montra, puis un mollet, une cuisse, l'ombre du pubis et un sein rond comme celui de la vierge de Memling, que la jeune fille drapa dans une serviette qui la dénudait plus qu'il ne l'habillait. Elle leva les yeux vers le dos du garçon et aperçut le regard du garçon tétanisé de désir comme celui d'Oedipe par la Gorgone. Elle fit semblant de ne pas remarquer son trouble mais un ris marqua sa lèvre pendant qu'elle se retournait, laissait tomber la serviette, exposait ses fesses et se glissait dans son pilou ridiculement touchant. Martin savait que toute sa vie il conserverait le souvenir du corps androgyne aperçu comme celui de Suzanne au bain par les vieillards.

Elle lui avait promis la révélation de sa nudité en forme de blague mais surtout par provocation pour dissimuler son trouble et moquer son propre désir sans bien savoir s'il elle saurait dominer l'élan amoureux du garçon. Sa foi ardente et sa vocation moniale la protégeait du péché de chair mais elle se sentait maintenant coupable d'avoir jouée ainsi, aussi follement, avec les nerfs de Martin. Cette ordalie était-elle bien nécessaire ? Ou bien avait-elle voulu tenter le Diable et se pencher au dessus du précipice de la jouissance charnelle ? Doutait-elle de sa capacité à être fidèle à ses prochaines fiançailles avec le Christ pour qu'elle ait ainsi décidé de s'exposer, impudique et provocante au regard d'un mâle ? Et puis, était-elle aussi éthérée qu'elle se flattait de l'être ? Martin la troublait. Elle ressentait un doux émoi chaque mercredi en le retrouvant, malgré l'austérité des échanges du Cercle de foi. N'était-elle pas hypocrite à débattre des dogmes catholiques malgré son trouble si terrestre. Une douceur, une mollesse, une faiblesse la rendaient 'toute chose'. Bien sûr, elle ne voulait pas reconnaître en la chaleur qui envahissait son ventre, le feu du désir mais, oui, elle le désirait violemment, comme une femme désire un homme et aspire à le sentir en elle. Un vertige lui faisait entrevoir des étreintes ardentes. Chaste, oui, leur union serait chaste même au moment de l'extase. Il se donnerait à elle comme elle se donnerait à lui et tout leur serait révélé. Pourquoi finalement esquiver cette union chrétienne entre deux êtres qui s'aimaient et se respectaient. Devenir l'épouse de Martin au cours de ce huis clos n'était-il pas ce quelle recherchait; venant tirer les moustaches du lion, n'était-elle pas prête à lui ouvrir ses flancs ? Elle s'exaltait de l'idée de prendre le voile depuis près d'une année, se glorifiant auprès de ses camarades de classe de cette destinée virginale, se sentant meilleure, supérieure, moins banale qu'elles qui parlaient crûment de leurs 'baises', détaillant les mensurations et performances de leurs compagnons, impudiques comme des guenons Bonobo, élevant la voix pour imposer leurs confidences d'alcôve à la 'bonne sœur' comme elle moquaient Clothilde. Cette dernière les plaignait de la vacuité de leur vie, de cet avenir de débauche triste et de petits boulots pour devenir des matrones tatouées, affligées de Kevin et de Jessica pleurnichards et mal élevés. Elle, elle serait au milieu de jeunes femmes faisant le sacrifice des plaisirs terrestres pour le bien du genre humain, un terme bien imprécis mais qui permettait de flouter l'humanité en un ensemble indistinct qui permettait de les aimer tous sans en aimer aucun en particulier. Cette satisfaction bigote, elle s'en rendait compte maintenant, était en vérité un péché d'orgueil. De même que la charité doit être discrète, la vocation doit être modeste. « L'humilité, est la première vertu attendue de l'impétrante. Vertu au sens de courage, car il vous en faudra pour servir le Christ » lui avait dit la Mère supérieure en la regardant avec intensité comme si elle doutait, sinon de la sincérité, du moins de la solidité de sa vocation. "Et me voila, ici, enfermée volontaire dans les quelques mètres carrés qui nous obligent à vivre comme dans un sous-marin avec une seule bannette pour dormir, pressée d'être cloîtrée, volontaire mais pour la vie. Pourquoi ne pas aller jusqu'au bout de cette aventure absurde et donner à Martin sa virginité, lui si patient, si gentil, si désirable. Le Christ de miséricorde a pardonné à la femme adultère ; il lui pardonnerait cette faute, sophistiquait Clothilde. En cet instant, si Martin était venue à elle, elle aurait laissé tomber la serviette et l'aurait accueilli entre ses jambes qui frémissaient de désir mais le garçon faisait semblant de ne pas la regarder, trop aimant, trop respectueux pour la frôler, se livrait à une danse autour d'elle dans l'espace clos, brûlant et glacé à la fois de la crainte de la toucher, la fuyant sur place, lui qui n'osait pas se retourner de crainte de se transformer en statue de sel comme Loth. La confusion de ses sentiments lui donnait le vertige. Le plus raisonnable serait de fuir, d'admettre que c'était une très mauvaise idée, de se rhabiller, de téléphoner à sa copine alibi pour lui demander le gîte, d'embrasser sur la joue Martin et cesser ce jeu pervers de s'exposer à lui comme une succube, un fruit défendu, Eve en jean et pull cachemire mais pire qu'Eve puisqu'elle s'était promise de ne pas se donner à lui. Elle était pire que ces greluches qui elles ne mentaient pas et assumaient leur sexualité sans fard. La vie de femme au foyer n'était-elle pas plus dure que celle de sœur, installée dans la routine rassurante monastique, marquée de prières et de chants, de soupe aux légumes et de lessives. Tout l'univers de beauté immaculée qu'elle s'était construite à force de lectures pieuses, de contrition n'était-il qu'un leurre ? N'était-elle finalement pas plus La Religieuse portugaise, criant son amour frustré avec des mots religieux, exaltant son extase charnelle avec l'excès des saintes, souffrant des stigmates d'un plaisir charnel empêché par la lâcheté de l'amant inconstant. La découverte de l'ambivalence se sa vocation, fondée sur une foi sincère, mais aussi, fuite devant la 'vraie vie', refoulement de sa sensualité, l'orgueil coupable de prétendre être différente des autres, la rendait triste d'un coup, honteuse. Mais, il était déjà presque vingt-deux heures, se rhabiller, réveiller Odile, la complice, avouer sa fuite pour ne pas céder à la tentation, emprunter un RER presque désert à cette heure tardive pour rejoindre Orly où elle habitait, effrayait la petite fille qu'elle était encore. Elle s'était piégée et il lui faudrait attendre la fin de cette nuit de Walpurgis pour repartir au matin, ayant tout gâché, ayant raté cette mise en danger de la force de son renoncement au plaisir du sexe, puisqu'elle désirait l'homme autant qu'il désirait la femme. Sa chasteté n'était qu'une pose. Et quelle impudeur dans le demi-sourire qu'elle avait laissé naître sur ses lèvres en découvrant le regard en tapinois du garçon sur son corps. Ne pouvait-elle pas le respecter ? Pourquoi le faire souffrir de cette torture ? Et quelle attitude adopter quand elle se serait glissée dans le lit dans son ridicule costume de nuit et qu'elle devrait assister à sa toilette de nuit ? Lui, au moins, aurait la sagesse de ne renoncer à la douche et se coucherait tout habillé, mettant plusieurs épaisseurs de vêture entre leurs deux corps. Voila, il ne lui restait plus qu'à mériter sa confiance en se tenant la plus figée possible dans le lit, comme une gisante de marbre. Surtout, cesser de se moquer de lui. Compter les minutes et les heures durant cette nuit extraordinaire, leurs fiançailles mystiques ; mon œil, ils avaient envie de baiser tous les deux, c'est ce que des gens normaux feraient au lieu de jouer au petit couple cul béni qui maîtrise sa libido comme l'Archange Gabriel le Serpent. Bullshit ! Du refoulement, pas de la chasteté assumée dans la joie et la bonne humeur. Comment font-elles ces jeunes moniales à sourire, angéliques, désincarnées ? Non, elle n'aurait jamais leur force. Voilà, elle va aller au bout de cette nuit désastreuse, renoncer à ses vœux et, ensuite, ensuite seulement, tenter de se faire pardonner de Martin en devenant sa fiancée. Mais, voudrait-il encore d'elle après qu'elle se soit ainsi jouée de lui, moderne Lilith ?

Le silence s'était installé entre les deux amants, amants parce qu'ils s'aimaient, sans s'unir charnellement mais unis par leur désir qui formait un arc électrique entre eux. Elle castrait Martin qui acceptait se faire eunuque par amour. C'était lui le pur, le chaste, le saint ! Moderne Abélard mais sans avoir consommé.

Clothilde, le plus modestement possible se glissa dans le lit sans oser demander si Martin préférait la ruelle ou la cour, ou plutôt le mur et la chambre. Martin cessa sa vaisselle fictive et lui demanda si tout allait bien. "Oui, oui" répondit la nouvelle Bérénice.

\-   Je me douche et on regarde un film ?

\-   Oui, si tu veux mais si tu es fatigué, on peut dormir tout de suite…

\-   Non, non, regardons Love Streams, la nuit est encore jeune, tentât de plaisanter Martin

\-   OK, volontiers, répondit Clothilde qui calcula que les deux heures du film seraient toujours 'cela de pris' et qu'épuisés, la nuit leur semblerait plus brève.

Clothilde couchée tournait le dos à la cabine de douche et ne pouvait le voir, observa Martin qui décida de se doucher. Sous le rideau d'eau et le bruit du ruissellement, il se branla et jouit en un instant, se sentant affreusement coupable mais, ayant décidé de traiter le mal par le mal, il jugea prudente cette 'purge' hygiénique.

Les deux reclus regardèrent le film de Cassavetes sur le PC de Martin posé chastement entre leurs jambes mais les épaules se touchaient car sinon Martin aurait basculé du lit étroit.

A près d'une heure du matin, Clothilde et Martin quittèrent Cassavetes et Rowland, réconciliés, se souhaitèrent bonne nuit et s'endormirent presque aussitôt épuisés par leurs émotions.

Dans la nuit, Clothilde couchée en chien de fusil, sentit le garçon dont le corps endormi, se lover en cuillère dans son dos, les jambes pressées contre les siennes et sa main sur son épaule. Martin dormait mais son sexe était dur au creux de ses fesses. Clothilde écouta le souffle du dormeur interrompu par quelques apnées qui la paniquaient. Martin rêvait et il la désirait dans son sommeil. Clothilde fut touchée, émue, non choquée par cette pulsion onirique. Elle était un phantasme dans ses bras. Ils reposaient ensemble, soudés, le peu de tissu ne réussissant pas à dissimuler les courbes en douceur de la femme pressé par les os et le vit du garçon, comme un couple qui après avoir fait l'amour, se désire encore.

Clothilde ne savait que faire. Impossible de s'éloigner, coincée entre le mur et le corps de Martin. Martin gémit comme un enfant souffrant et pressa encore plus le corps de Clothilde. Sa main prit en coupe le sein juvénile. La belle se demanda un instant s'il feignait le sommeil pour des travaux d'approche libidineux mais le souffle restait uni, le garçon rêvait sa nuit d'amour. Elle n'osait bouger de crainte d'accentuer encore la pression libidineuse, sentant le sexe turgescent maintenant immobilisé dans son vallon fessier. Le moindre mouvement pouvait provoquer le pire. Elle eut alors une idée; au lieu de tenter vainement d'esquiver la pression amoureuse, elle envisagea de se frotter contre le garçon jusqu'à provoquer son éjaculation afin qu'ils puissent enfin s'endormir mais ce stratagème pouvait éveiller le garçon et ressembler à une invite au coït, une provocation au viol. Que faire ? Clothilde réussit à glisser la main entre elle et Martin et toucha du bout des doigts le sexe du garçon. Quelques contorsions lui permirent de saisir dans sa main le membre viril qu'elle caressa doucement puis avec plus de vigueur. Martin poursuivait son rêve, pressant le sein de Clothilde qui sentit au bout de quelques instants la semence du garçon poisser ses doigts. Clothilde retira sa main et ne put s'empêcher de la sentir. Une odeur de feuilles de sous-bois et de musc. Clothilde se pardonna cette branlette en pensant aux gestes de secours des sœurs infirmières sur les corps immobilisés des soldats blessés évoqués par certains films mélodramatiques. Martin libéra son sein, son souffle devint plus long et ils s'endormirent d'un sommeil lourd qui les conduisit jusqu'au matin.

Martin se réveilla n'osant regarder Clothilde après avoir rêvé qu'elle le masturbait pendant la nuit. Clothilde prétexta un sms de sa copine pour abréger le weekend et s'enfuit après le café abandonnant Martin à sa mélancolie.

Un mois plus tard, Clothilde se punit en prononçant ses vœux. Martin cessa de participer au Cercle de foi. Il avait découvert un autre cercle qui proposait une praxis guerrière : le Groupe Durendal.

Scouts marins
Mars 2016

La DGSI avait missionné, du 24 au 25 mars, le lieutenant Malik Benamar à Vannes pour briefer l'équipe locale des RT (renseignements territoriaux) et la Gendarmerie sur les techniques de surveillance des réseaux djihadistes. Le capitaine Morel avait choisi Malik pour le récompenser du bon dénouement de la tentative d'attentat contre le Président de la République cf. 14 Juillet, tome 3 de Djihad 4.0 Malik en profita pour se faire rejoindre par sa femme Madeleine et ses deux enfants Omar et Caroline pour passer le week-end de Pâques sur l'île d'Arz.

Malik accueillit sa famille à la gare de Vannes où ils arrivaient par le TGV de 13:23. Sur le quai, une troupe de scouts s'égaillait. Garçons et filles, âgés de douze à dix-sept ans, riaient en se bousculant, chargés de sacs de couchage et de havresacs. Sous l'autorité de quelques gaillards d'une vingtaine d'années, deux groupes se formèrent et firent mine de s'ignorer tout en se jetant des regards en coulisse. Malik, par déformation professionnelle, nota que les scouts portaient des foulards et des écussons différents. Les bandeaux de leurs bérets marins blancs à pompon rouge l'informèrent que les Scouts et Guides de France constituaient le premier groupe tandis que le second était formé de Scouts d'Europe.

Omar, apercevant des garçons de son âge, demanda à son père dans le bus qui les emmenait à leur hôtel ce qu'était cette joyeuse équipée.

- Des scouts, des scouts marins plus précisément ! A en juger par leurs blasons, il y a des scouts et guides de France, les laïcs et les Scouts d'Europe, les cathos.

- Tu devrais dire catholique, mon chéri, le reprit Madeleine, d'autant que j'ai été cheftaine dans ma jeunesse.

- Sans blague, tu ne m'avais jamais avoué cela, se surprit Malik.

- Tu ne sais pas tout sur ma folle jeunesse. Les scouts, Omar, c'est une organisation de jeunesse qui fait des randonnées et des campements, une sorte de colonies de vacances mais avec une discipline militaire, je ne suis pas sûr que cela te convienne, toi qui es un peu indiscipliné.

- Je ne suis pas indiscipliné, j'ai du caractère; c'est papa qui le dit.

- Quand j'étais scout, on devait se lever à cinq heures du matin pour démonter la tente avant de faire des marches de vingt kilomètres, tu te vois crapahuter ?

- Marcher, non mais faire de la voile, oui ! Ça a l'air sympa leurs scouts marins !

- Bon, écoute, on va en parler avec ton père mais je ne suis pas certain qu'il soit enthousiaste.

- Je n'ai rien contre les scouts. Il y a des scouts laïcs, catholiques, protestants, orthodoxes, juifs, même des musulmans !

- Je suis impressionné par ta connaissance du scoutisme, mon chéri.

- N'oublie pas que je suis un spécialiste des sectes, blagua Malik.

- Ce ne sont pas des sectes
- Tu sais, la notion de secte est révolutive. Quand j'étais jeune flic, on m'a fait faire un stage aux archives des RG à Beauvau. Une des attachés, une superbe martiniquaise par ailleurs, classait les notes sur les réunions du Lyon's club dans la rubrique Sectes, alors tu vois...
- Pour ton information, le chef du groupe des pionniers avec lesquels nous avons fait un jamboree mémorable lors de la Saint-Jean de 1996 était un superbe métisse...
- Tu vois, je ne comprends rien à ton vocabulaire, compagnon, pionnier, jamboree... typique des mouvements sectaires.
- Bon, si votre discussion part comme ça, je ne suis pas prêt de devenir scout marin, se plaignit Omar.

Plus tard dans la soirée, les deux époux reprirent leur discussion sur le souhait d'Omar de devenir scout. Malik s'excusa d'avoir moqué le passé scout de Madeleine mais lui expliqua sa réticence à voir Omar embarquer avec les scouts marins. Il évoqua le drame de Perros-Guirec, le 22 juillet 1998 qui coûta la vie en mer à quatre scouts marins, et à un plaisancier venu leur porter secours, par la faute de l'abbé Cottard, un prêtre intégriste. Comme Madeleine ne connaissait pas ce drame, Malik fit une rapide recherche sur son smart phone et lut la fiche publiée sur le site http://www.prevensectes.com/.

L'abbé Cottard était membre de l'Association française des scouts et guides catholiques. L'ASFSGC, non reconnue par le ministère de la Jeunesse et des Sports, participe aux pèlerinages lefebvristes à Chartres et aux processions de la Fête-Dieu à genoux dans les rues versaillaises, conduites par la paroisse intégriste de Notre-Dame des Armée. Le prêtre avait obligé les jeunes, totalement inexpérimentés en voile, sans encadrement de rallier sur une Caravelle, un bateau de cinq mètres, Parti mercredi de Port-Béni, sans aucun encadrement, pour rejoindre Perros-Guirec, un bateau à voile de type "Caravelle" de 4,50 mètres transportait sept adolescents, alors qu'il était homologué pour six passagers. Aucun moniteur ne les accompagnait et aucun d'entre eux n'était titulaire d'un diplôme de voile pour une telle sortie en mer. Quatre d'entre eux avaient péri noyés. Le jour du drame, l'abbé Cottard a alerté les secours à 21h53 alors que les adolescents devaient accoster à 15h00 au plus tard, de préférence à Perros-Guirec, ou, à défaut, sur n'importe quel point de la côte, et devaient appeler l'abbé dès qu'ils auraient accosté. Il avait déjà été averti l'année précédente de l'irrégularité de l'organisation de son camp par le Ministère de la Jeunesse et des Sports. Les déclarations de certains parent laissent rêveur : " L'abbé Cottard représente Jésus-Christ sur terre. Pour nous, ce n'est pas un gourou, c'est un prêtre ", avait déclaré ainsi le père d'une des victimes, lieutenant-colonel d'active qui a estimé que les " enfants étaient morts héroïquement... Ils priaient, ils chantaient, ils se réchauffaient les uns les autres. Un des parents des victimes quand il évoque la plainte de la mère du jeune plaisancier mort en sauvant les scouts déclara : « C'était son fils unique et je partage sa douleur, qui doit être terrible. Nous avons la chance d'avoir d'autres enfants, et cette foi en notre Seigneur qui nous aide à supporter l'épreuve, ce qui ne semble pas être son cas. C'est pourquoi nous avons cherché à la contacter, pour la remercier et la réconforter. Mais nous n'avons pas eu de réponse pour l'instant. » Seule une mère se portera partie civile, pas son mari. Elle révélera les pressions et les intimidations qui s'exercèrent sur elle pour la dissuader. Jugé à trois reprises, l'abbé Cottard a été condamné à quatre ans de prison dont 18 mois ferme. Sorti de prison en 2003 et aujourd'hui âgé de 69 ans, il œuvre « comme simple prêtre » au prieuré Saint-Martin, à Saint-Avertin (Indre-et-Loire). La justice lui a interdit d'encadrer à nouveau des jeunes.

Malik cessa de lire la fiche et éteignit son smart phone. Madeleine pleurait à l'évocation des garçons de l'âge d'Omar noyés par la faute d'un adulte qui se disait leur père. Malik prit Madeleine dans ses bras et lui dit :

\- Tu sais, je ne doute pas que depuis ce drame, les scouts ont mis en place des mesures de sécurité et un encadrement responsable. Un cas isolé ne doit pas condamner à l'opprobre un mouvement de dizaine de milliers d'homme dans le monde. Mais quand j'ai vu ces scouts marins, je n'ai pas pu m'empêcher de penser à cette affaire. C'est pourquoi j'ai un peu douché l'emballement d'Omar mais si tu le souhaites, on peut regarder et choisir un mouvement sérieux et laïc comme les Scouts et Guides de France.

\- Non, non, Omar peut faire de la voile avec son grand-père sur l'île de Bréhat; s'il veut vraiment s'y mettre, on l'enverra en stage aux Glénans. Bonne nuit, mon amour.

Durendal
Juin 2016

Clothilde ensevelie vivante, Martin se sentit perdu dans la ville. Il cessa de fréquenter le Cercle de foi dont les membres lui étaient un souvenir trop douloureux de l'apparition de sa belle. Son péché de chair, même onirique, avait souillé la jeune fille et marquait d'infamie son front tel Caïn; il n'osait affronter le regard inquisiteur de ses deux frères. Il serait également trop frustré de ne pouvoir leur demander des nouvelles d'ELLE malgré leur hostilité. De toute façon, il était probable que les deux garçons avaient également cessé d'être assidus aux débats du groupe intégriste puisqu'ils ne faisaient qu'y chaperonner leur sœur.

Martin chercha la compagnie des autres amants malheureux de la littérature, relisant Werther et Dominique. Ses notes allaient un peu à a dérive mais, comme il ne compromit que le dernier trimestre, son passage en terminale ne fut pas empêché par son mal d'amour.

Deux mois se déroulèrent ainsi, jusqu'à ce qu'il reçoive un mail du colonel en retraite qui avait été son parrain. Le militaire lui proposait de participer à une réunion débat où le général de brigade, Louis de Mirobole, cr (cadre de réserve) devait intervenir sur le thème : Crise migratoire et menace sur les fondements chrétiens de la France. L'intitulé de la conférence proclamait les convictions des assistants. Martin ne se sentait pas concerné par la guerre en Irak et en Syrie. Les bavardages politiques de ses parents l'avaient dégoûté de la politique. La reconversion consumériste de ces anciens maoïstes et leur pacifisme humaniste béat lui semblaient pure pose. Il rejetait la politique parce qu'elle avait réuni ses géniteurs. "Je suis le résultat d'une saillie militante, le sous-produit éjaculatoire d'un amphi-débat, la seule trace d'un orgasme antisystème" avait déclaré Martin à ses parents stupéfaits qui lui reprochaient son indifférence "civique" quand ils l'invitèrent à aller manifester avec eux place de la République après les attentats de Charlie Hebdo en janvier 2015. Martin avait hérité d'eux un vocabulaire riche mais pas leurs convictions libérales.

La conférence se tenait dans la salle communale de la Mairie du *** mise à disposition par Augustin Mollard, le maire FN, qui fit un mot d'accueil en remerciant "le grand soldat" d'avoir accepté de partager ses convictions avec le groupe de "vrais français, ce soir rassemblés". Les assistants, une trentaine de personnes, en majorité des retraités encachemirés, quelques employés, à la mine fatiguée par le RER, trois gars en bombers, à la coupe de cheveux militaire, se rengorgèrent à ce certificat de francitude. Un 'black', traitre à sa race, ne trouva rien à redire à cet exorde xénophobe. Martin avait consulté la biographie de Louis de Mirobole. Soixante-treize ans, campagne d'Indochine comme adjudant-chef du Rima, palmes militaires, puis, promu officier, guerre d'Algérie avec le grade de sous-lieutenant dans les parachutistes de Bigeard. Il s'était ennuyé ensuite et, n'ayant pas fait l'École de guerre, avait piétiné ensuite dans une France en paix. Son engagement, quelques jours d'égarement avec le "Quarteron de généraux à la retraite" putschistes en 1961, lui avait valu une traversée du désert des Tartares, enchainant des affectations vexatoires dans des garnisons endormies. Le vieux soldat en avait gardé rancune au "système" qui l'avait injustement déclassé, lui qui avait failli laisser sa peau en plusieurs batailles, "des vrais, pas des exercices pour ces généraux gommeux qui font leur carrière à coup de lèche politicarde". Un petit fils, militant du GUD, lui avait fait découvrir les délices d'internet et créé un blog intitulé 'Français de sang' qui permettait à la baderne de déverser sa bile sur la toile, de s'inventer des ennemis virtuels, de croiser le fer dialectique avec les "mauvais français". Il postait chaque jour un long article inspiré par l'ire provoquée par le journal télévisé de la veille ou la recopie de blogs ultranationalistes comme "Français de souche". Alain Soral était son prophète ; il avait tous les livres de Zemmour dont Le déclin français, dédicacé par l'auteur. Une photographie de lui serrant la main du cacochyme négationniste Robert Faurisson, lors du diner annuel de Rivarol, le lieu de rencontre des négationnistes et ultranationalistes de tout poil, s'affichait en page d'accueil de son blog.

Le petit général, quart de place (référence à la réduction tarifaire à vie dont il bénéficiait), qui ne mesurait qu'un mètre soixante-cinq, sanglé dans un blazer bleu marine portant le ruban rouge de la Légion d'honneur et le ruban jaune et vert de la médaille militaire, arborait une chemise blanche barrée d'une cravate tricolore. Assis à la tribune, il se leva, bomba le torse, regarda au loin, fit silence comme en prière, et se lança dans une longue péroraison. « Dans un Occident, déjà menacé par la décrépitude des mœurs sous l'influence du poison de l'Empire américain, la France avait été mise, tonna-t-il, dans l'ornière, par des gouvernements de droite héritiers de Guizot, asservis à Mammon, puis ruinée par Mitterrand, "le menteur"; elle était aujourd'hui "entraînée dans la guerre des majors du pétrole américains par un Président vendu aux intérêts sionistes et aux Saoud, une monarchie arabes et féodale qui lapidait les femmes adultères. »

La boursouflure oratoire du soldat qui ne procédait que par anathèmes, ne heurtait pas un auditoire déjà acquis et qui n'était venu que pour alimenter la chaudière de ses peurs. Le populisme des propos assénés d'une voix martiale faisait résonance à la perte des repères de cet échantillon de français de base, encartés FN ou simples sympathisants. L'appel à l'autorité, à la restauration des valeurs, la réaction convainquaient ces esprits inquiets, qui cherchaient à se rassurer face à ce monde hostile qui se déversait par le spectacle des atrocités commises par Daech. Dans la grande confusion forgée par les reportages simplificateurs et sensationnalistes sur la guerre en Irak et en Syrie, expédiés en quelques minutes, que l'urgence de traiter du deuil de René par Céline Dion interdisait de traiter en plus de deux minutes, simplificatrices, les femmes Yézidis vendues à l'encan sur un marché aux esclaves, les vaillantes peshmergas kurdes, les moniales chassées de leurs églises, formaient un bataillon de victimes qui comme les Mille vierges de Voragine faisait cortège pour dénoncer les crimes islamistes et renforçait la xénophobie de ces bons français.

« Voir restauré un Califat, qui n'a existé que quelques dizaines d'années au VIIe siècle, par des barbares arabes financés par les pétromonarchies du Golfe, voir monter une vague de millions de réfugiés infiltrés par des combattants djihadistes, voici à quoi nous a condamné le laxisme de nos dirigeants ! Il nous faut réagir, restaurer les valeurs de l'Occident chrétien pour ne pas céder ! »

Le public applaudit chaudement l'exorde de l'orateur qui avait, aisément, renforcé chacun dans ses peurs intimes.
Venus se faire catéchiser, l'auditoire avait adhéré sans réserve à cette philippique. Les échanges avec l'assistance furent

brefs, les questions n'étant que prétexte à des messieurs sérieux et éduqués de faire leur propre conférence, comme il est coutumier dans ce type de conférence sans débat.

Martin avait écouté avec attention. Le drame des chrétiens d'Orient, les prêtres massacrés par les hordes islamiques, réveillait le martyre des moniales violées par l'armée républicaine espagnole évoqué par Les grands cimetières sous la lune de Bernanos. Il pensa à Clothilde et la vit exposée aux brutalités islamistes. Il avait trouvé son combat. Il serait l'un de ces Croisés qu'honnissait Daech; il ferait barrage, tel Charles Martel, à l'invasion musulmane. Cette perspective épique remplit de joie Martin qui dormit cette nuit là d'un sommeil épanoui de batailles où il était le preux chevalier Lancelot du Lac.

Martin écrivit une longue lettre à Clothilde dès le lendemain matin pour lui narrer sa soirée et lui annoncer son engagement pour la défense de l'occident chrétien. « Tu seras fière de moi ! » promettait-il, sans savoir encore ni quand, ni comment.

Martin se lança dans un périple internet pour sélectionner la phalange la plus apte à satisfaire son besoin de combat. Il se sentait un homme, plus un lycéen. Il voulait se battre, le militantisme, la réflexion ne saurait étancher son besoin d'action.

Les groupuscules d'extrême droite sont légion sur internet. La même information est dupliquée, répliquée, réitérée de l'un à l'autre dans le tam-tam de la toile. Le coq gaulois, le drapeau tricolore ou marqué de fleurs de lys, le florilège des noms de patriotes historiques : Charles Martel, Charlemagne, Saint-Louis, Jeanne d'Arc et autres icônes fleurissait. Les sites fascistes s'illustraient, sans pudeur, des photos d'Hitler, Mussolini, Franco, Doriot.

Martin jeta son dévolu sur un groupuscule Durendal, du nom de l'épée de Roland, le preux chevalier. Durendal se réclamait d'une filiation avec le groupe Occident, groupe dissous en 1968 mais reconstitué sous le nom d'Ordre nouveau où avaient fait le coup de poing des étudiants futurs ministres : Gérard Longuet, Alain Madelin ou Patrick Devedjian.

Un mail de contact, envoyé via le webzine Durendal, mit en relation Martin avec deux enquêteurs. Le premier, un ancien syndicaliste communiste doriotisé, évalua son endoctrinement. Le second, un malabar rasé et tatoué, s'assura de sa motivation à aller « casser du trotskard ».

Le chef du groupe se révéla être le petit général. Il fut coopté lors d'un dîner bière-moules-frites. Le commensal de Martin galéja en lui demandant s'il connaissait le surnom du groupe. « BBB : Bière-Baise-Baston » rota le comique.

Jouant à la conspiration, les membres du groupe devaient adopter un pseudo pour déjouer la surveillance des Renseignements Territoriaux, les ex RG; Martin opta pour celui de Clovis, le premier roi franc chrétien, converti par amour pour son épouse Clothilde.

Scouts intégristes
Juin 2016

Martin avait décidé de faire une brillante Terminale scientifique pour pouvoir ensuite préparer le concours de polytechnique par une Math Spé. Il évitait le quartier de l'Odéon qui lui faisait souvenir de ses amours passées mais un dimanche, de retour d'une exposition au musée du Luxembourg sur les chefs d'œuvre du musée des beaux-arts de Budapest, il descendait la rue Servandoni pour aller reprendre le métro à Mabillon, quand, passant sans un regard pour l'église Saint-Sulpice, il s'entendit interpeller : « Tiens, Martin, comment vas-tu ? ».

Martin se retourna et aperçut Louis, le scout, le factotum du groupe de foi qui tractait devant l'église. "Toujours le mollet à l'air !" pensa Martin ennuyé de cette rencontre, mais le jeune garçon toujours aussi enthousiaste vint à lui la main tendue.
-       On ne te voit plus au cercle de foi !

- Non, tu sais, la terminale ce n'est pas une partie de campagne et je prépare des concours pour cet été…
- Tu devrais essayer de venir. Depuis la prise de voile de Clothilde et toi absent, c'est moins sympa.
- Et toi, toujours sur la brèche ?
- Oui, tu sais ce que c'est. On essaie de catéchiser mais c'est un apostolat dans ce Paris païen.
- Au moins, tu t'ouvres les voies du Paradis.
- Si c'était aussi simple… Dis tu ne veux pas m'accompagner, j'ai fini de distribuer mes tracts, je dois rejoindre une bande de scouts dans un café près de Mabillon. On va refaire le monde.
- C'est que je suis un peu pressé
- C'est l'affaire d'une demi-heure. Tu leur diras que je t'ai recruté, cela me vaudra un badge de plus de la part du chef de mon escouade. C'est un type super, il est interne au Prytanée de la Flèche, toi qui veux passer des concours, vous aurez plein de choses à vous dire, lui, il vise Saint-Cyr.

Martin ne sut comment échapper à l'entrain de Louis et se retrouva bientôt accueilli comme un vieux pote par une dizaine de grands adolescents tous en costume de Scouts et Guides de France, adeptes de Baden-Powell. Louis présenta fièrement Martin à un grand échalas de vingt ans aux genoux cagneux, Paul, le futur Saint-Cyrien, qui lui broya la main avec un plaisir évident.

-       Louis m'avait parlé de toi. Il m'a dit que tu participais activement aux ateliers de l'abbé Tocard.

-       Oui, mais je n'ai plus le temps malheureusement. Je voudrais pouvoir entrer en classe préparatoire scientifique l'année prochaine et il me faut une mention au Bac.

-       Tu veux faire ta taupe dans quel lycée ?

-       J'aimerais Louis le Grand mais c'est un des plus sélectifs…

-       Si tu n'as pas un assez bon dossier, La Flèche c'est une bonne filière pour Saint-Cyr.

-       Oui, c'est réputé. Dis-moi, je ne connais pas grand chose au mouvement scout. Ton écusson, je ne l'avais pas encore vu.

- C'est l'écusson des GC

- ?

- Des Troupes Georges Cadoudal, tu connais quand même Cadoudal ?

- Ah ! Oui, le vendéen

- Mois non ! Cadoudal était un chouan. Les chouans c'est au nord de la Loire, les vendéens au sud, Henri de La Rochejaquelein par exemple… Bref, pour en revenir à notre écusson : Croix pattée, frappée de la fleur de lis portant le cœur sanglant du Christ sur fond noir. L'écu, insigne de chevalerie, protégeait le corps, et les armes qui y étaient frappées rappelaient son Idéal au chevalier qui le portait. Pour nous, c'est la Croix de Jérusalem, portée par les Croisés qui nous rappelle notre devoir de travailler à l'extension du règne de Notre Seigneur Jésus-Christ. Le lys signifie notre pureté de cœur et nous montre que nous devons choisir le bon chemin. C'est aussi l'insigne du Scoutisme Mondial. Le Sacré-Cœur est signe de Chrétienté et fait référence à Georges Cadoudal, le patron du groupe.

Notre chant, c'est « GC emballe ! ». Cadoudal était un Hercule. C'est te dire si on est craint dans les jeux intergroupes !

\- ...

\- Je vois que tu es vraiment ignorantus ignorantum sur le scoutisme. Je te la fais courte. Dans le mouvement scout créé en 1907 par Baden-Powell, un général anglais, il y a maintenant de tout, des païens, des chrétiens, des juifs, des arméniens et même des musulmans. Bref, il a fallu faire le ménage pour ne pas mélanger les torchons et les serviettes. Les scouts cathos ultramontains sont aux Scouts Unitaires de France, les SUF, ou aux Scouts d'Europe, deux mouvements agréés par les autorités. Nous, on est des cathos traditionalistes, les rebelles, on se reconnaît dans la FSSPX, La Fraternité sacerdotale Saint-Pie-X, Mgr Lefebvre, ne me dis pas que tu ne connais pas !

\- Si, si, je connais mais pas très bien. Alors vous, vous dites la messe en latin ?

\- Évidemment ! Le Concile Vatican II est une catastrophe, l'équivalent pour l'Eglise catholique des 35 heures de Martine Aubry pour la France !

- Évidemment...
- Je suis le chef de groupe pour le clan Saint Benoît, celui des routiers, les garçons de plus de dix-sept ans. Je ne peux pas te proposer de venir, tu n'as pas le grade. Deux de nos chants sont particulièrement : le Chant de Monsieur Cadoudal, et le Chant de la troupe GC, composé par un ancien scout. Pour les 30 ans du groupe en 2009, un nouveau chant a été spécialement composé. Le GC est généralement connu pour son défi technique dans les installations ainsi que les grands jeux inter-troupes.

Rocamadour
Juin 2016

L'abbé Tradoct avait décidé d'emmener son groupe scout célébrer la Saint-Jean d'été sur le chemin de Compostelle. Ils partiraient du Puy-en-Velay le 20 juin pour, après trois étapes de trente kilomètres, « une partie de campagne » avait-il claironné, arriver le 26 juin au matin à

Rocamadour pour célébrer la messe de midi dans l'église construit dans le rocher.

L'austérité volcanique de la cathédrale Notre-Dame-de-l'Annonciation du Puy accueillit, à cinq heures du matin, la dizaine de scouts qui débarquèrent, gelés par le manque de sommeil, du train de nuit qui les avait emmenés de la gare d'Austerlitz la veille. Après le café froid des gourdes et un quignon de pain, se lançant un défi, les routiers firent la course pour monter les cent trente quatre marches de la rue des Tables pour rejoindre la cathédrale romane, se bousculant comme des gamins dans un tintamarre de bidons et de souliers cloutés, ne s'arrêtant que devant le premier porche, celui dit de la Parole en raison de la présence des sculptures représentant les quatre évangélistes : saint Jean figuré par l'aigle, saint Matthieu par l'homme, saint Luc par le taureau, saint Marc par le lion. Tracto houspilla ses scouts pour leur manque de sérieux et avec componction leur fit, à son habitude un petit discours pédagogique et pieux sur l'historique de la cathédrale. Il les prépara à l'adoration de la Vierge noire, objet de nombreux pèlerinages au cours des siècles, qui trône sur le maître-autel où elle remplace celle offerte par Saint Louis, à son retour de la croisade d'Égypte, qui fut brûlée lors de la Révolution française. La cathédrale construite du XIème au XIIème siècle est un point de départ ou une étape majeure sur le chemin de Compostelle. « La foi a levé ces pierres, construit ces coupoles, orné de pierres volcaniques en damier noir et blanc ces arcades, inspiré ces fresques dorées » s'exaltait le jeune prêtre.

Louis et ses camarades enlevèrent leur chapeau et le bâton ferré de marche à la main levé pour ne pas faire résonner la nef, ils suivirent en file indienne, par grade scout, l'abbé 'Tracto' dont la soutane soulevait la poussière qui miroitait dans la lumière irisée projetée par les vitraux, jusqu'au maître autel d'où un enfant Jésus chétif, au visage crispé, comme fâché d'être retenu par une Vierge Marie moricaude, les regarda avec reproche. Les garçons se turent; frappés d'émotion mystique, ils s'agenouillèrent. Le Père Tocard s'étendit les bras en croix sur le sol glacé de la basilique. Louis, d'abord surpris de cette ostentation, se souvint que c'est dans cette position que les ordinands reçoivent la bénédiction de l'évêque avant de prononcer leurs vœux sacerdotaux. Clothilde s'était elle aussi ainsi étendue, les cheveux rasés sous son voile immaculé, le corps épousant les aspérités du pavé glacé de la chapelle où elle s'était fiancée avec Jésus. Louis se reprocha d'évoquer le corps presque nu de la jeune vierge, dans sa chasuble de lumière, ses hanches heurtées par la pierre, ses jeunes seins offensés par le froid du rocher, seule et entourée à la fois. Oui, cette pensée était coupable car Louis sentit son sexe durcir sans qu'il ne puisse rien y faire. Son pêché de chair, d'autant plus scandaleux qu'il désirait une moniale, lui fit jeter en catimini un coup d'œil sur la rangée de jeunes scouts qu'il encadrait, étant le second de l'abbé depuis qu'il avait passé ses grades. Il avait le sentiment que chacun voyait son trouble libidineux. Il fallait faire cesser cette pensée coupable avant que Tracto ne se relève car l'abbé avait un regard infaillible pour détecter la pensée profane sur le visage des garçons. Louis n'osa pas évoquer Jésus en aide mais marmonna en latin un confiteor :

Confiteor Deo omnipotènti
et vobis, fratres,
quia peccàvi nimis cogitatiòne,
verbo, òpere et omissiòne :
Mea culpa, mea culpa, mea maxima culpa.
Ideo precor beàtam Mariam semper
Virginem,
omnes Angelos et Sanctos,
et vos, fratres,
oràre pro me ad Dòminum Deum nostrum

mais ne se sentit pas soulagé de son péché. De manière qu'il jugea perverse, il évoqua les caresses qui l'attendaient à Rocamadour car nul doute que l'abbé se débrouillerait encore pour lui faire partager sa tente. La perspective de sentir les grandes mains poilues du prêtre fouiller ses culottes comme des mygales le dégoûtèrent. Il en avait assez de ces attouchements. Des filles au lycée lui souriaient en lousde, sollicitant son intérêt; il se sentait flatté par ces regards féminins qui n'imaginaient pas que son corps était souillé depuis plus d'un an par la lubricité de Tracto. Il se demanda ce qu'il faisait là, dans cette église, un matin de juin, pour aller jouer au 'scout toujours !' alors qu'il doutait de tout en cet instant, de lui, de sa foi, du serment scout. Le mieux serait qu'il reparte à Paris mais cela ferait scandale et il n'avait pas le cœur de désespérer l'ardeur juvénile de la troupe qui se faisait une telle joie de cette marche pieuse. Louis se promit de dire son fait à Philippe, l'abbé, et de le tenir 'à bout de gaffe'. De retour à Paris, il ferait son examen de conscience pour décider de continuer ou non son militantisme scout. En fait, il ne se l'avouait pas, mais il avait envie de se 'défroquer', de remiser ces culottes courtes, qui lui semblaient d'un coup ridicules, et de mettre un jean et un sweat et d'accepter d'aller en teuf avec les jeunes de son âge. Relaps, non à sa foi chrétienne, mais à la secte scout.

La messe s'acheva. Tracto qui était resté figé comme un gisant pendant tout l'office se releva tel Lazare et avec un grand sourire annonça : « Et maintenant, trente cinq kilomètres, ça use les souliers mais cela forme la jeunesse ! En avant, mauvaise troupe ! »

Tracto était d'humeur gaillarde. Cette messe l'avait excité, comme un joint le mécréant. « Chacun son herbe » pensa Louis décidément en dehors du groupe.

Louis avait le sentiment bizarre de regarder le groupe d'en haut, un peu comme les personnes ressortis d'un coma profond, racontent s'être vus en dehors de leur enveloppe charnelle, flotter, pur esprit, regardant les vivants s'agiter autour de leur corps dans une lumière diaphane. Tracto prit la tête du groupe demandant à Louis de faire le serre-file pour « piquer au fesses » les retardataires. « Bon, me voila bouvier maintenant ! » ironisa Louis qui eut la tentation de se tailler une baguette pour fouetter les mollets des plus lents, poussant devant lui l'escouade telle des oies récalcitrantes. Plus rien ne lui semblait sérieux et quand Tracto à peine sorti du Puy et empruntant le GR 65 en direction de Compostelle, se mit à chanter à plein poumons Verbum Patris hodie processit ex virgine, l'hymne des Templiers, il en fit les réponds mezzo voce, laissant les jeunes s'égosiller dans la joie.

Le spectacle de la dizaine de garçons chantant derrière la bannière frappée du cœur sanglant du Christ portée par l'abbé, la soutane au vent, marchant d'un pas de tirailleur, surprenait les vaches blondes du Quercy et les rouges Salers au pré qui s'écartaient, inquiètes de ces chants guerriers car Tracto chantait les hymnes religieux avec l'enthousiasme des missionnaires et l'ardeur d'un soldat montant au front.

Les autres pèlerins, dépassés par le groupe, se rangeaient devant cette armée de Dieu, à la grande satisfaction de Tracto qui tombait aisément dans le pêcher d'orgueil s'agissant de ses prouesses scoutistes.

Le groupe fit étape à Figeac avant de s'engager dans la variante de Rocamadour, la voie alternative qui traversant le Causse de Gramat conduit à la crypte Saint-Amadour.

L'abbé Tradoct avait décidé d'enchainer les deux étapes entre Lacapelle-Marival et Rocamadour soit trente-deux kilomètre sans faire étape à Gramat comme la plupart des pèlerins. Le groupe s'engagea sur le GR6 dés six heures du matin pour profiter de la fraicheur du matin pour accomplir les vingt premiers kilomètres en cinq heures. « Nous ferons une étape pour déjeuner vers midi à Gramat » avait promis Tracto.

Le camino serpentait au fond du causse le long du lit asséché du ru. L'entrée dans le parc national du Quercy après les hauts plateaux de Salers qu'ils avaient traversés sous des orages violents fut comme l'arrivée sur la Terre promise. Le sentier zigzaguait entre les enrochements, passait sans cesse d'un coté à l'autre de la rivière empierrées et presque asséchée, les arbres écroulés formaient une nef sentant l'humus au-dessus de leurs têtes. Les scouts ne parlaient plus, attentifs à éviter les pierres déchaussées par les milliers de pas des pèlerins qui les avaient précédé depuis un millénaire pour aller adorer les reliques de Saint-Amadour. De l'ombre du lit de la rivière, les garçons émergèrent dans le soleil ardent du mitan dans des nuages de papillons éclos du matin. Des milliers de papillons voletaient autour d'eux pour sécher leurs ailes au soleil comme les peintres de la renaissance les représentent dans leurs tableaux de l'Eden. La vision de cette nature en joie frappa les scouts d'une émotion mystique et spontanément le groupe s'agenouilla pour rendre grâce à Dieu de cette beauté à eux livrée.

Après l'issue d'une marche aisée, porté par un élan mystique, le groupe GC établit son bivouac le 23 juin au soir dans le canyon débouchant à Rocamadour. Méprisant le camping municipal, Tracto fit dresser les tentes dans le causse pierreux, à la dure. Après le repas frugal de fayots et de fruits secs, l'abbé adressa un petit sermon aux gars : « Une nuit sur le rocher vous préparera utilement à la célébration de la Saint-Jean demain. Un peu de contrition n'a jamais fait de mal à personne. Louis, tu restes avec moi, il faut que l'on discute de l'organisation de demain ».

Attendant que les jeunes routiers soit couchés sous la tente, l'abbé bavarda avec Louis; à son habitude, il prêcha, ratiocinant les mêmes anathèmes contre les curés 'concordataires' comme il qualifiait ceux qui étaient soumis à la fois à l'autorité religieuse du Vatican et profane de la République. « Soumis, oui, ils sont soumis, c'est bien le terme. Sais-tu qu'islam, cela signifie soumission en arabe ? Et bien, moi, je ne suis pas soumis, je suis un curé libre, comme ces curés chouans et vendéens qui chaussèrent leurs sabots et prirent les fourches pour aller embrocher les sans-culotte, et dont tant furent les martyrs des Colonnes infernales de Turreau de Garambouville, un ancien officier des troupes royales, qui avait caché sa particule et une partie de son nom à la révolution et qui massacra femmes et enfants faisant de la Vendée selon ses propres termes un désert de terres brûlées, de chaumières détruites, de châteaux en ruines, de corps mutilés que survoleront des corbeaux et que dévoreront les loups ».

Le jeune prêtre s'emballait une fois de plus à l'évocation de la guerre civile française. Il soliloquait. Louis était fatigué par la marche et fatigué de ces philippiques ampoulées de Philippe qui semblait adresser un vaste auditoire; non, en fait, il testait des formules, il préparait une future homélie se voyant déjà nouvel Aigle de Meaux, Bossuet, ainsi surnommé par Voltaire car l'aigle est le seul oiseau capable de voler face au soleil, car le prédicateur dijonnais avait osé tancer Louis XIV, le Roi-Soleil par un sermon sur les devoirs des riches envers les pauvres. La prédication était l'ambition secrète de l'abbé ainsi qu'il aimait à se faire appeler par les scouts alors qu'au regard de la hiérarchie religieuse, il ne méritait en rien ce titre, étant un prêtre sans paroisse mais non pas sans cure (cura animarum).

« Tout cela c'est du flan, de l'enflure, de la masturbation intellectuelle et pas seulement intellectuelle ! » pensait Louis qui sentait la colère monter en lui, s'étranglant de dire ses quatre vérités au prêtre concupiscent qui se livrait à ce que l'Eglise appelle la 'sollicitation', élégant euphémisme pour désigner la pédophilie ou la séduction de femmes en confession par des curés dévergondés. L'évocation des turpitudes des moines érotomanes de Sade donnait le vertige à Louis qui, interrompant le monologue prêchi-prêcha de Philippe annonça qu'il allait se coucher.

Un peu étonné mais non démonté, Philippe rétorqua fermement :
- Pas tout de suite. J'ai une bonne nouvelle pour toi. Tu vas pouvoir être totemisé. Tu fais un excellent travail avec les garçons et je suis fier de toi. Comme tu le sais, le totem n'est attribué qu'aux élus,

aux meilleurs d'entre les scouts. C'est une cérémonie secrète qui ne doit jamais être révélée même aux autres scouts qui apprennent seulement que l'un des leurs a été fait sachem par le fait qu'il soit ainsi désigné par les chefs scouts. C'est moi qui ai choisir ton totem et ton quali. Comme le rite ne doit pas être divulgué, on va s'éloigner du camp pour y procéder. Les gars dorment et je ne crains pas que nous soyons surpris.

Philippe se leva en tenant sa soutane blanchie de la poussière de la route. Louis hésita, restant assis en tailleur au coin du feu que Philippe inonda d'eau par précaution. L'odeur de fumée humide lui fit tourner la tête. Il n'avait pas envie de ce hochet scout. Une brisque de plus. Les scouts, imaginés par Baden-Powell, général anglais, ont adopté tout le fatras soldatesque de grades, titres, mots codés, rituels et cérémonial dans une symbiose, une mayonnaise de vie de garnison et de liturgie tant païenne que catholique, un syncrétisme confus qui n'a rien à envier à celui des francs maçons. On devrait l'appeler Baderne-Powell ironisa in petto Louis.

Philippe se retourna surpris de ne pas entendre le pas de Louis.
- Tu ne viens pas ?
- Non, je préfère rester là.
- Louis, je t'ordonne de venir.

Louis hésita puis décida qu'il était temps de vider son sac et de dire son fait à Philippe mais, par camaraderie pour les autres garçons, il fallait que cela se fasse entre quatre yeux. A défaut des feux de la Saint-Jean, je vais connaître ma nuit de Walpurgis, pensa Louis en suivant Philippe qui s'éloignait d'un pas tranquille, croyant avoir maté le rebelle.

La nuit de juin était lumineuse comme une de ces nuits blanches de Saint-Pétersbourg évoquées par Dostoïevski. Le titre d'un de ses romans qui l'avait le plus impressionné traversa l'esprit de Louis : Les Démons, titre parfois traduit aussi par Les Possédés, et puis la formule fameuse d'Ivan Karamazov « Dieu est mort puisqu'il y a la douleur des enfants ». C'était lui cet enfant qui suivait cette soutane noire qui semblait plus l'habit d'une sorcière que celle d'un abbé.

Au bout d'un quart d'heure de marche à la lueur des étoiles, Philippe, aveugle à la révolte de Louis, s'arrêta dans une sorte de clairière, s'accroupit et déclara avec jubilation mais à voix basse :
-       Cela nous fera un amusant exercice de marche d'orientation pour revenir ! Viens t'asseoir auprès de moi. Bon, la cérémonie du totem, normalement, on fait un petit discours, puis on bizute un peu l'impétrant et ensuite on lui annonce son totem et son quali. Il est déjà dix heures, je vois bien que tu es crevé, donc on va abréger. Comme je te l'ai dit, je suis très fier de toi. En tant que chef du groupe, j'ai toute autorité pour te faire sachem parmi les sachems. J'en suis un depuis dix ans déjà. On se réunit entre sachems du GC une fois par an dans un jamboree secret. C'est nous les vrais chefs du mouvement. On est une sorte de conclave, si tu vois ce que je veux dire ; on désigne le chef du

GC et on décide de la gouvernance du groupe. Tu rentres dans un cercle très fermé, nous ne sommes que quinze sachems. J'espère que tu es conscient de la confiance que nous mettons en toi.

- ...

- Bon, je comprends que tu sois un peu ému par l'importance de cette cooptation. Je t'ai choisi le totem de Castor et le quali d'ardent, tu seras dorénavant 'Castor ardent'; Castor car, comme l'animal, tu ne comptes pas ta peine pour construire un barrage contre la turpitude moderne et, ardent, car tu as les cheveux blonds d'un ange de Botticelli et que tu es ardent à l'ouvrage.

- ...

- Quand au bizutage, on s'en passera mais ardent je le suis aussi pour toi et tu es maintenant assez averti pour que nous passions aux choses sérieuses. J'ai envie de toi, j'ai envie de te posséder. Tu verras comme c'est bon.

Philippe prit alors Louis par l'épaule et ne doutant pas de sa soumission, il le coucha au sol et entreprit de l'embrasser tout en fouillant sa braguette à la recherche de son sexe. Comprenant que l'autre se préparait à le violer et que « les choses sérieuses » signifiaient la sodomie, Louis se libéra et, repoussa l'autre d'un coup de poing.

Louis, debout, regardait, frémissant de colère, Philippe, stupéfait qui rassemblait sa soutane, comme une ribaude, ses jupes. Il dominait le sodomite, comme l'archange Michel le serpent.

- Qu'est-ce qui t'arrive ? Tu ne m'aimes plus ? gémit Philippe.
- Je ne t'ai jamais aimé. Tu m'as violé mais je ne t'ai jamais aimé.
- Mais toutes ces années, tu étais bien avec moi !
- Jamais, tu m'as toujours dégoûté !
- Tu n'as pas toujours dit cela, reprocha Philippe maintenant relevé.
- Tu n'es qu'un débauché. Tu ne mérites pas d'être prêtre.
- Tu ne sais pas ce dont tu parles.

- La condamnation des prêtres pédophiles par le cardinal Joseph Ratzinger cela ne te dit rien ?
- Pourquoi me parles-tu de l'ancien Pape démissionnaire ?
- Parce que c'est lui qui a osé mettre le fer dans la plaie de la pédophilie des prêtres, voila pourquoi je te parle de Benoit XVI ! Je ne sais pas ce qui me retient de te dénoncer pour que tu ne puisses plus continuer à corrompre des jeunes garçons. Tu es malade, Philippe; mais un malade dangereux, hurla Louis, qui repartit vers le campement.

Philippe vit le ciel lui tomber sur la tête et se jeta à genoux, les mains jointes, vers la silhouette qui s'éloignait :
- Je te demande pardon. Au nom du Seigneur de miséricorde, je te demande pardon. Même le pape François appelle à la miséricorde par son jubilé, tu ne peux pas me condamner ainsi aux gémonies !

Philippe supplia, Philippe pleura, Philippe promit. Louis épuisé finit par lui dire qu'il ne révélerait rien aux garçons et exigea que le suborneur dorme à la belle étoile, refusant de partager sa tente avec lui. Louis s'endormit en entendant Philippe psalmodier des confiteor à la chaîne.

De delictis gravioribus
juillet 2016

Louis assista à la messe en l'église de Rocamadour le lendemain. Philippe monta les trois cents marches conduisant du lit de la rivière au porche, à genoux, comme les pèlerins du moyen-âge. Cette ostentation n'émut pas Louis qui annonça, sans explications, au groupe qu'il ne ferait pas l'étape jusqu'à Cahors devait repartir par le train dés l'après-midi, les devançant d'un jour sur le chemin du retour.

Dans le train qui serpentait à travers les sublimes paysages auvergnats, apercevant l'encorbellement d'acier du viaduc de Garabit construit par Gustave Eiffel, Louis pensa au film L'Enfer d'Henri-

Georges Clouzot avec Romy Schneider, film maudit interrompu par l'accident cardiaque du cinéaste, l'âme de Louis passa de la colère au pardon, du mépris à la compassion, de la volonté d'oubli à celle de protéger les garçons contre la perversité de Philippe. Il décida en entrant à la gare d'Austerlitz de rompre avec le cercle de foi et même d'avec le mouvement scout, pour d'enfermer ces amours interdites dans le secret de son cœur mais, pour s'en purifier, il décida de se confesser comme on se lave.

Il choisit l'église Saint-Eustache, un peu par hasard, au détour d'une balade au centre commercial des Halles. Un jeune prêtre, à en juger par sa voix, assurait une permanence dans le confessionnal. Louis purgea son cœur de sa honte; la bile lui remontait aux lèvres à l'évocation de la tentative de viol de Philippe. Le confesseur écoutait en silence le récit du jeune homme. La claire-voie ne laissait apercevoir que son profil. Louis parla longuement, disant sa foi outragée par le comportement obscène de l'abbé Tradoct.

Le confesseur fit répéter à Louis le nom du prêtre débauché puis le remercia du courage de ses aveux car « vous souffrez mon fils en votre chair et en votre cœur ».

Louis attendait après son acte de contrition, sa pénitence pour lui permettre de se réconcilier avec l'Eglise.

Après un silence, d'une voix troublée, l'ombre parla à nouveau :
- Mon fils, ce que vous m'avez dit est grave, trop grave pour que je le conserve dans le secret de la confession. Notre Pape Jean-Paul II par sa lettre Motu Proprio Sacramentorum sanctitatis tutela nous a fait obligation de signaler à nos évêques les délits de sollicitation. Le pape Benoit XVI à réitéré cette obligation faite aux évêques de notifier les cas au Vatican par la lettre De delictis gravioribus. Les dossiers sont instruits par la Congrégation pour la doctrine de la foi, un des dicastères du Vatican. Le prêtre peut alors être jugé par un tribunal ecclésiastique. En cas de faits avérés, il peut être suspendu de la célébration des sacrements ou même être

soumis à la dégradation c'est-à-dire démis de ses fonctions et réduit à l'état laïc. Dans une homélie de juillet 2014, notre Pape François a demandé « humblement pardon » et dit qu'il n'y avait «Pas de place dans l'Église pour ceux qui commettent ces abus». Je ne peux garder la révélation des crimes de ce prêtre pour moi. Vous pouvez lui pardonner, mon fils, mais l'Eglise doit chasser les brebis galeuses de ses rangs pour protéger ses enfants.

La voix du prêtre frémissait de colère. Louis devina que lui-même avait probablement traversé une épreuve identique. Quelque part, Louis fut soulagé de ne pas assumer seul la responsabilité de la dénonciation de Philippe; rassuré aussi car il se sentait coupable et lâche d'avoir abandonné aux abus sexuels de Philippe les garçons qui avaient été placés sous son autorité, doutant de sa repentance et de sa continence durable.

Le scandale du soupçon de silence coupable de Mgr Barbarin, cardinal de

Lyon, Primat des Gaules, qui avait reconnu avoir manqué de vigilance à l'égard d'un prêtre dont les agissements pédophiles lui avaient été signalés, qui avait éclaté en février 2016, rendit la hiérarchie religieuse, alertée par le confesseur, réactive. En octobre, Philippe Tradoct fut convoqué par un tribunal religieux et réduit à l'état laïc avec signalement au GC de sa condamnation. Une action laïque était en cours d'instruction par l'OCRVP (l'Office Central pour la Répression des Violences aux Personnes), service spécialisé de la PJ.

Philippe Tradoct, l'ex prêtre, le renégat, le défroqué, jura de se venger. Sa haine se fixa sur le Pape François, celui là même qui avait déclaré « qui suis-je pour les juger ? » pour ne pas condamner les homosexuels et qui faisait de lui un paria. L'annonce de la venue du Pape François, en visite pastorale en France en décembre, lui apparut un signe de Dieu pour châtier le Pape jésuite.

La vengeance du prêtre renégat
octobre 2016

L'appel au pardon de Philippe n'avait pas été entendu; le tribunal ecclésiastique l'avait condamné. L'ex-prêtre avait jusqu'au bout espéré une relégation dans un couvent pour y accomplir des actes de contrition et, le pêché lavé, pouvoir reprendre sa soutane et continuer la mission divine dont il était persuadé être investi mais l'évêque di Maglio avait pesé de toute son autorité sur le groupe de cinq prêtres séculiers qui avaient eu à le juger.

« Un évêque de cour, un Tartuffe, un évêque Cauchon » cinglait Tradoct en revivant dans ses nuits d'insomnie chaque minute de son audition, se vivant Jeanne d'Arc condamnée par un tribunal à la solde des envahisseurs de la terre de France. Car, oui, tonnait-il en son for intérieur pendant sa garde à vue par l'OCRVP, tous ces prélats qui baisaient la main de César étaient inféodés au paganisme américain, au culte de l'argent et au stupre, car il condamnait aussi violemment la luxure des mécréants qu'il s'exonérait aisément de son penchant pour les jeunes garçons.

Contradictoire, Philippe Tradoct tançait le laxisme du Pape François qui avait déclaré « Qui suis-je moi pour juger ? » refusant de vouer aux gémonies les homosexuels. Seule la condamnation de l'avortement tenait encore mais la famille chrétienne était ruinée par les Pacs, les adoptions d'enfants par des couples GLTG, gay-lesbien-transgenre ! « Un acronyme pour toutes les perversions, ça ne s'invente pas ! On dirait un nom de jeu vidéo, GTA (Grand Theft Auto). Mon Vatican pour une poignée de lentilles ! » délirait le prêtre renégat insensible à la contradiction entre son propre vice uranien et la critique de la tolérance papale. Il fantasmait la compagnie de Jésus dont était issu le pape François comme une nouvelle Loge P2, une maçonnerie religieuse qui avait pris le contrôle de la chaire de Saint Pierre et ruinait l'héritage de Pie X.

Le prêtre défroqué rêvait d'être le réformateur de l'Eglise, un moderne Cornelius Jansen, qui par une action héroïque, relevait la 'véritable foi' et chasserait la corporation de Jésus du siège de Saint-Pierre. L'anathème, c'est lui qui le lancerait. Le Pape François incarnait sa rancœur. Assassiner le Saint-Père, il n'en était pas question car Philippe restait profondément chrétien. Non, ce qu'il fallait imaginer c'est un geste médiatique, quelque chose qui fasse le tour des réseaux sociaux, un peu comme la manifestation scandaleuse des dépoitraillées Femen, ces gourgandines qui avaient souillé la cathédrale Notre-Dame de Paris de leur exhibition mammaire.

Lors de ses crises d'agrypnie, il imagina un stratagème : il placerait une bombe artisanale, factice qui ferait du bruit mais pas de victimes, dans la nef de Notre-Dame de Paris et, fidèle parmi les fidèles, il s'en ferait écran de son corps au passage du Pape en prétendant avoir aperçu l'engin sous un siège. La cérémonie serait retransmise en direct à la télévision, il serait arrêté comme Jésus par les légionnaires de la République hollandaise; interrogé, il pourrait prétendre de sa bonne foi ayant pris le soin de ne laisser aucune empreintes sur son faux engin infernal. Le pape demanderait à recevoir son sauveur et il lui demanderait l'absolution et la grâce de son jugement. L'image du pardon papal ferait le tour du monde et le réintégrerait comme le fils prodigue sans le sein de l'Eglise.

Philippe se faisait un film saint-sulpicien de ce scénario improbable et, pour tout dire, enfantin mais, illuminé, il vivait à l'avance chaque moment de cette rédemption. Qu'il puisse être abattu par des policiers assurant la garde rapprochée du pontife, il ne l'envisageait pas. La chronique dorée de son martyr puis de son retour dans le sein de l'Eglise catholique et romaine, il l'avait déjà écrite en lettres de sang, en lettres de feu. Il se mettait à aimer le Pape François, ce pape humble qui refusait les appartements de centaines de mètres qu'occupait une cour de cardinaux simoniaques, imitateurs de Benoît IX, qui monnayaient les béatifications à la chaîne. On a béatifié, sous le règne du pape Jean-Paul II, mille trois cent quarante personnes, soit plus que l'ensemble des béatifications effectuées par ses prédécesseurs depuis le pape Sixte V au XVIe siècle, se scandalisait le futur 'martyre'.

Pour rendre le montage plus crédible, Philippe décida de fabriquer une vrai/fausse bombe, un gros pétard qu'il pourrait couvrir de son corps et qui exploserait avec force bruit. Au pire, il serait un peu brûlé par la poudre mais qu'était cette blessure au regard de sa réhabilitation.

Comment fabriquer un engin explosif improvisé, un EEI comme disent les spécialistes ? Philippe n'était pas sachem scout pour rien. Il trouva de nombreux plans et guides de montages sur internet. Fabriquer un 'engin infernal', était en ce début du XXIème siècle un jeu d'enfant. Perfectionniste, Philippe testa même plusieurs bombinettes dans des clairières de la forêt de Saint-Germain. Il fit également des repérages au sein de la cathédrale pour décider sur quelle travée se placer pour être dans le champ des caméras de télévision au passage du Saint-Père dans la nef. Philippe résolut aussi de mettre sa soutane de prêtre le jour de son pseudo-attentat. Sa tenue ecclésiastique, espérait-il, lui faciliterait l'accès. La bombe serait dissimulée au sein d'un gros missel in folio que les policiers ne s'autoriseraient pas à passer au scanner, si d'aventure ils installaient un contrôle des fidèles. Les cent grammes de poudre reliés au dispositif de mise à feu à mèche d'un pétard échapperaient au rayons X, estima Philippe qui retint ce procédé rudimentaire comme fiable et indétectable. Un gros pétard, oui, mais qui ferait beaucoup de bruit, se félicitait à l'avance Philippe.

Odile
Octobre 2016

Odile Bondues s'était promis après l'attentat raté contre le Président François Hollande et le roi Salmane al Saoud le 14 Juillet de venger ses trois complices arrêtés et emprisonnés dans le quartier réservé de la prison de Fresnes. cf. 14 Juillet, troisième tome de Djihad 4.0

Jean le Drenec, alias Mahmoud al Faransi, le chef du commando djihadiste, lui avait dit en lui préférant Omar Abdelkader pour l'accompagner et mourir en martyr, qu'il savait pouvoir compter sur elle et que l'émir reprendrait contact avec elle, le jour venu, pour lui demander d'agir pour le Califat. Jean, elle l'aimait d'un amour timide, non qu'il lui fasse peur, mais il était si totalement dévoué à la cause, qu'il lui apparaissait comme un moine soldat, une sorte de Templier islamique, un oxymore se corrigea-t-elle, car Odile accomplissait sa troisième année de lettres modernes à la faculté de Lille, non, plutôt un nouveau

Ṣalāḥ ad-Dīn Yūsuf dit Saladin. De toute façon, Jean allait être condamné, au minimum, à dix ans de détention, Cazeneuve voudrait faire un exemple. Ce gouvernement mettait les jeunes au chômage et les idéalistes en prison. Oui, les encasernés feraient payer à Jean, l'ancien adjudant du GIGN, sa 'trahison'. La presse tabloïd publiait la saga du 'soldat perdu', breton, fils et petit-fils de gendarme qui, foulant aux pieds ses serments, avait affronté l'UZI à la main ses anciens compagnons d'armes. Relaps à la foi républicaine. Les politicards du FN réclamaient sa déchéance de nationalité. Et pourquoi pas son écartèlement sur la place de Grève, actuelle place de l'Hôtel de Ville, comme François Ravaillac, le meurtrier d'Henri IV, lui qui avait osé tenter d'assassiner le monarque républicain, encore un oxymore, grimaça Odile. Jean visitait ses nuits. Elle vivait seule, sans famille, sans mec. Ses parents, des petits employés étaient paumés, des malheureux qui faisaient dix ans de plus que leur âge, usés d'avoir élevé, à coups d'allocations, leurs cinq marmots. Le père, agent territorial, comme on disait 'personne de petite taille' pour nain, était cantonnier. Ses habits sentaient la pluie et la poussière quand il rentrait du boulot. Sa barbe de deux jours empuantait les bières Picon qu'il entonnait avec ses copains de galère. Les matches de foot du club du Lesquin étaient l'acmé de ses semaines de galère. Le foot, l'opium des corons, aurait dit Marx, si le foot n'avait été de son temps un sport de la gentry anglaise. De ses cinq ans à ses dix ans, Odile avait subi la Pravda chaque JT, le père éructant les slogans du PCF et de la CGT chaque fois qu'apparaissait Chirac à la télé. Jospin, 'social traitre' n'eut pas son suffrage en 2002, il vota Laguiller au premier tour, contribuant à faire élire Chirac par l'élimination du Premier ministre socialiste. Le populisme de Sarkozy l'hypnotisa le temps d'une campagne. Marine (Le Pen), maintenant lui semblait dorénavant le seul recours pour 'les damnés de la terre', encore une référence littéraire de cette fille qu'il ne comprenait pas. De toute façon, à quoi lui serviraient ces études de lettres ? Plus cultivée, elle n'en était que plus malheureuse, parce que plus lucide, que ses parents qui trouvaient dans la naissance de leurs petits-enfants et les deux semaines au camping de Berck-Plage le dérivatif à leur absence de vie. Ils n'étaient pas malheureux ses parents, finalement, non, ils enfilaient les jours, les uns après les autres, sans véritable colère, avec un coup de gueule de temps en temps; la vache qu'on trait donne bien des coups de queue perfides si elle peut.

Ce mercredi d'octobre, Odile s'apprêtait à partir à la fac quand elle releva son courrier électronique sur la messagerie Telegram, la messagerie sécurisée, préférée de Daech car supposée échapper aux longues oreilles du NSA. Elle se sentit comme la Vierge Marie voyant entrer par la fenêtre l'Archange Gabriel : l'émir lui donnait l'ordre de se tenir prête à combattre pour le 'saint combat du Califat'. Il lui demandait d'accuser réception de son message. En fait, comprit Odile, le commandement de l'Etat islamique voulait vérifier qu'Odile était toujours en vie, libre et motivée. Elle ne recevrait ses instructions qu'après ce message de sécurité.

Dans le bus, Odile avait le sentiment d'irradier, un peu comme ces saints qu'on pare d'une auréole sur les tableaux religieux. Une chaleur avait envahi son ventre. C'était sensuel, sexuel même. Elle se sentait comme après l'orgasme, quand le corps se détend, satisfait. Voilà six mois, non neuf mois qu'elle n'avait pas baisé. Elle réalisa cette longue abstinence qui ne lui avait pas pesé par le choc de cet apaisement qui l'avait envahie à l'annonce de sa prochaine action. Elle se sentait pleine, enceinte et pourtant vierge. Confusion des sentiments, "encore une référence littéraire, ma fille" se dit-elle. Car elle allait mourir dans cette action, elle le savait et cela participait de son émoi et de sa sérénité. Emue de savoir l'acte proche, le geste qui la ferait entrer dans le cortège des martyrs du Califat, comme l'une de ces mille vierges dont parle Voragine. Son abstinence depuis qu'elle avait rencontré Jean, depuis leur union morganatique, faisait d'elle une vierge. Elle avait épousé par des vœux mystiques Jean, comme ces moniales qui sont les éternelles fiancées du Christ. Guerrière, c'est ça, elle se sentait guerrière, une amazone, une moderne Jeanne d'Arc. Odile se fantasma aussi en Râbi'a al-Adawiyya cette mystique soufie irakienne, décédée en 185 de l'hégire (801 après Jésus-Christ) qui parcourait les rues de Damas, un faisceau de baguettes à la main et un seau d'eau, pour noyer la tiédeur et attiser la flamme de la piété de ses contemporains.

Odile relut la vie de Rabia et retrouva ce passage d'amour mystique qu'elle aimait tant :

« Entre l'amant et le bien-aimé, il n'y pas de distance, ni de parole, que par la force du désir, ni de description, que par le goût. Qui a goûté, a connu. Et qui a décrit ne s'est pas décrit. En vérité, comment peux-tu décrire quelque chose, quand en sa présence tu es anéanti ?
En son existence, tu es dissout ? En sa contemplation, tu es défait ?
En sa pureté, tu es ivre »

Jean allait être fier d'elle bientôt. Si elle appréciait, littérairement, les écrits extatiques de Rabia, Odile ne croyait pas au paradis, à toutes ces salades pieuses. Ce qui l'intéressait, ce n'était pas le Coran, c'était le djihad.

Odile, perdue dans ses réflexions, faillit louper sa station et jeta un coup d'œil circulaire inquiet autour d'elle, se demandant si elle n'avait pas parlé dans son rêve éveillé. Le papy qui lui faisait face dans le bus ne bronchait pas, le visage figé d'un marbre romain. Agir, enfin, agir !

François Hollande, chanoine de Latran
Octobre 2016

L'annonce de la venue du pape François en décembre en France surprit le laïc Président français François (Hollande). Le refus du Pape d'agréer la candidature de Laurent Stefanini comme nouvel ambassadeur de France auprès du Vatican avait laissé des rancœurs mutuelles entre Rome et sa fille aînée. Bernard Cazeneuve ministre de l'intérieur et, à ce titre, ministre des cultes, reçut le 15 octobre une lettre du nonce apostolique en France l'informant de la célébration d'une messe d'action de grâces par le Pontife en la cathédrale Notre-Dame de Paris le 25 décembre 2016, pour clore le jubilé de la Rédemption décrété par François en 2015-2016. A l'issue de cette Année sainte, la Porte Sainte de chacune des quatre basiliques majeures de Rome solennellement ouverte, sera refermée.

Le ministre appela l'autre François dès la réception de la missive éditée sur un papier vélin de 135 grammes et frappée des armoiries de la nonciature :
- François, c'est Bernard. Tu vas être content, le Pape François vient le 25 décembre nous délivrer de nos péchés !
- Nom de D... l'interrompit François Hollande.

- Je n'ai reçu aucun signal avant-coureur du nonce apostolique. Il nous met devant le fait accompli. En fait, ils nous font payer la nomination de Stefanini.
- Tu veux dire, leur obstat à sa nomination.
- Oui, ils l'ont mis à l'index le pauvre. Tout ça parce qu'il est homo, navrant.
- Tu penses qu'il va falloir que j'assiste à l'office religieux ?
- Je ne vois pas bien comment je peux faire autrement. Te porter pâle serait un affront diplomatique. C'est une visite pastorale, pas une visite d'Etat, donc tu es dispensé d'aller sur le tarmac lui baiser la babouche ; j'irai à la messe, mais toi il faut que tu cales un entretien privé sur ton agenda. J'espère que tu n'avais rien prévu pour le 25 décembre... Enfin, tu n'es pas obligé de communier; en fait, tu n'as pas accès à la sainte table puisque tu vis en état de péché avec Julie.
- Très drôle, tout le monde n'a pas une vie rangée comme toi.
- D'un autre côté, si tu mets les petits plats dans les grands, on peut en faire un coup de com. Pas inutile à cinq mois des

présidentielles. L'électorat catho ne nous est pas acquis, ce qui est un euphémisme.

- Bon, tu me proposes un déroulé. Regarde qui ont pourrait mettre dans la délégation qui viendrait saluer le Saint-Père à l'issue de notre bavardage. Mets Ayrault dans le coup, on pourrait envoyer un signal vers les chrétiens syriens et irakiens. Demande au cardinal André Vingt-Trois une idée de cadeau.

- Non, pas de cadeau. C'est pastoral, une sorte de visite privée entre catholiques. François vient les mains vides ; cela l'obligerait à te donner un deuxième chapelet, au cas où tu aurais perdu celui qu'il t'a donné en 2014. Par contre, il faut que je mette en place un dispositif de sécurité exceptionnel en place. Un 25 décembre, en plein Paris, avec les provinciaux sur les boulevards et les congés de récupération qu'il va falloir faire sauter, pas sûr que mes flics vont apprécier...

Les relations entre la France et le Vatican, du temps des rois, comme durant l'Empire puis la République, sont 'complexes', selon la litote sophiste du porte-parole de l'évêché de France. Le pouvoir temporel a affirmé de manière constante son indépendance totale par rapport à l'influence ultramontaine. Laïque, voire laïciste, la Ve République avait délayé dans le grand parti gaulliste l'essentiel des troupes du MRP. Le Modem, à travers son très calotin leader François Bayrou, ou les quelques militants droitistes du Parti Chrétien Démocrate incarné par Christine Boutin, gardaient seuls la flamme de la démocratie chrétienne. Le climat de guerre religieuse du temps du petit père Combes s'enflamma comme un feu de grégeois à l'occasion de la légalisation de l'IVG en 1975, certains députés accusant à la tribune de l'assemblée Simone Weill d'assassinat. La rébellion ressurgit plus récemment lors du vote de la loi sur le mariage pour tous. Catholiques intégristes et homophobes avaient allumé le feu, non pas de leurs briquets comme dans la chanson de Bruel, mais des cierges pour chasser l'Antéchrist. La cabale de Rosebud (bouton d'or), la pétulante boutefeu de la Manif pour tous, contre

Laurent Stefanini, le chef du protocole de l'Elysée, candidat recalé pour le bail du Palais Bonaparte (le siège de l'ambassade de France auprès du Saint-Siège), avait fait de sa nomination un chemin de croix. La cabale des diplomates catholiques intégristes du Quai d'Orsay, un véritable Opus Dei, selon leurs détracteurs de gauche, avait également contribué à saboter la nomination du candidat élyséen à ce poste qu'ils considéraient comme une prébende, un emploi de débouché pour ambassadeurs en fin de carrière. Le soutien du cardinal André Vingt-Trois, archevêque de Paris, n'avait pas suffi à obtenir l'agrément pontifical.

François Hollande conservait lui un souvenir amer de son audience du 23 juin 2014 par le pape François au Vatican. François, le Pape, avait gardé un visage fermé, lui dont le sourire n'a pourtant rien à envier à celui de George Clooney. La chaîne Kto, dans son reportage live de la visite, publiait le contraste flagrant entre l'image compassé du Saint-Père s'adressant à François Hollande et son large sourire avec son embrassade du Père Georges Vandenbeusch, le prêtre belge libéré grâce à la France des islamistes de Boko Haram. Le Président et le Premier ministre Manuel Vals, qui s'était fait une coupe 'bien dégagée autour des oreilles' qui accentuait son profil de spadassin, étaient repartis avec le chapelet offert par François, la petite boite serrée dans leurs mains jointes sur leur giron tels des enfants qui viennent de recevoir la médaille prouvant qu'ils savent nager cinquante mètres.

Le 'Président normal', qui avait fait quatre enfants en concubinage avec Ségolène Royal puis menée une vie de bâton de chaise, enchaînant les liaisons tumultueuses avec Valérie Trierweiler puis Julie Gayet, était dans son époque, les sentiments l'emportant sur les convenances. Obsédé par la volonté de faire de l'anti-Sarkozy, il avait refusé tout 'cinéma' lors de sa visite papale, ironisant sur la bondieuserie du récent converti, - le grand père de l'ancien Président était un juif grec de Thessalonique -, ce qui est au regard de la religion juive sans portée puisque la mère de Nicolas Sarkozy est chrétienne. L'ex Président, arrivé avec désinvolture quinze minutes en retard à son audience le 20 janvier 2007 avec Benoit XVI, - la presse people avait glosé sur une possible 'grasse 'matinée avec Carla Bruni - , avait été honoré d'une audience de près d'une demi-heure par un Pontife aux anges avant de recevoir son titre de Chanoine de Latran en la basilique Saint-Pierre et y prononcer son fameux discours sur la 'laïcité positive', revendiquant les "racines essentiellement chrétiennes" de la France, selon les mots écrits par le bigot Henri Guaino. La délégation bling-bling du Président avait amusé les mécréants.

Le comique troupier Bigard baisant la bague papale avec des trémolos d'enfants de chœur, fit le tour du web avant que le vrai naturel du 'comique' reprenne le dessus dans une interview à Nice matin :
« C'est un kif absolu, y confie l'humoriste Cela m'a donné l'occasion de visiter le Vatican avec des ministres, des

académiciens, Max Gallo et tout le bordel… À l'évocation du souverain pontife, Jean-Marie Bigard est tout de suite moins enthousiaste. Alors que Nicolas Sarkozy tente de « vendre » le comique auprès du pape – « il m'a décrit comme un homme de Dieu, se souvient Bigard. Sarkozy lui a très gentiment dit que j'étais un grand donateur, que j'y allais de ma poche », il sent pourtant que la mayonnaise ne prend pas. « À ce moment là, Benoît XVI hochait la tête, il n'en avait vraisemblablement rien à branler, s'esclaffe l'humoriste. Puis Nicolas Sarkozy lui dit : "Vous vous rendez compte, cet homme a rempli le Stade de France !". Le Pape continuait à hocher la tête, on aurait dit un chien à l'arrière d'une bagnole. Ce qui est fou, c'est que je suis resté pratiquement cinq minutes avec lui, quand chaque délégation n'avait droit qu'à dix ou douze secondes, le temps de lui baiser la nouille et de se barrer ! De cette rencontre, Jean-Marie Bigard ne garde qu'un seul regret : « Je n'ai pas eu le temps de lui dire qu'aujourd'hui, il y avait des préservatifs avec des goûts différents *comme banane ou cacahuète et que c'était vachement sympa...* » Dieu merci... »

Se démarquer du cirque Sarkozy, avec ses people dans le rôle des otaries, une occasion de tacler son prédécesseur qui tentait son comeback dans les primaires des Républicains. Voila la conduite à tenir se fit François l'agnostique. Le Pape avait fait le service minimal. Il convenait néanmoins d'éviter une trop grande ostentation car alors les anticléricaux de tout poil du peuple de gauche allaient le mettre en croix. Décidément, cette visite papale n'arrangeait pas le CDD de l'Elysée qui se faisait un principe et une joie de déjeuner avec ses enfants le jour de Noël, le dîner étant avec leur mère.

Ce qui l'énervait, c'est la désinvolture du Pape François qui n'avait pas répondu à l'invitation du Président français à intervenir à la tribune de la Cop 21, se contentant de l'envoi d'une lettre encyclique Laudoto Si sur la sauvegarde de la maison commune, pastichant 'la maison brûle et nous regardons ailleurs ' du discours de Johannesburg du 2 septembre 2002 de Jacques Chirac. En réalité, François s'intéressait au peuple catholique de France mais était assez indifférent aux autorités, se moquant de se fâcher avec elles, il les traitait avec 'benign neglect' (de haut, avec indifférence).

Durendal
Octobre 2016

Son parrain, le colonel cr (cadre de réserve) Erwan De Kerbaouech, avait donné rendez-vous à Martin à vingt-et-une heures, devant l'entrée du petit séminaire de Sainte Marie de l'Enfant Jésus, dans une ruelle de Passy, une de ces allées privées appréciées des riches parisiens. Des murs hauts de cinq mètres y enfermaient les candidats à la prêtrise. Informé du lieu, Martin était surpris que le supérieur du séminaire, moqué par Tradoct comme l'un de ces 'petits abbés' bien en cour républicaine, prête un soutien logistique à ce groupe occulte dont Martin imaginait qu'il était plus ou moins séditieux.

Son parrain faisait les cent pas devant la porte du séminaire, marquée seulement d'une croix taillée dans la pierre du linteau de la porte. Quand Martin arriva, il lui fit, en lui serrant la main, signe de rester silencieux et l'entraîna cent mètres plus bas vers une porte de métal noir dérobée qui semblait condamnée. Le colonel après un coup d'œil à la rue déserte, ouvrit et fit entrer Martin dans ce qui apparût comme le jardin du séminaire. L'ancien militaire s'engagea d'un pas décidé sous la charmille vers une sorte de garage qui semblait désert.

Le garage était en fait une réserve où l'intendant du séminaire entassait le mobilier remisé. Des statues grandeur nature de saints et d'apôtres en plâtre écaillé peint de bleu layette et de rose saint-sulpicien, des bancs d'église de chêne patiné par les génuflexions, un confessionnal orné d'angelots grassouillets encombraient l'espace. Les fenêtres avaient étaient obscurcies par de lourds brocards brochés d'ornements liturgiques. Un porte cierge de cuivre haut comme un homme et un lutrin bloquaient le passage.

Le colonel contourna ce fatras et entra dans une pièce plus petite, en, retrait de la resserre, qui était disposée comme une salle de cours avec des bancs d'église et une table de bois blanc. La salle était occupée par une dizaine de garçons entre quinze et vingt ans qui interrompirent leurs messes basses à l'entrée du colonel en se levant en une forme de garde à vous. Martin remarqua la présence silencieuse à la tribune de l'abbé Tradoct qui les mains jointes, les yeux mi-clos, semblait en prière.

Le colonel qui, redressant sa petite taille, rajeunissait de minute en minute depuis son entrée en scène, fit signe à Martin de se ranger sur une place libre sur le premier banc et prit place derrière le bureau où il posa sa serviette de cuir, enleva ses gants en inspectant l'assistance pour ouvrir la séance par un martial : « Asseyez-vous ! ».

Seul l'abbé était resté assis, semblant absent.

Martin était devenu coutumier des gesticulations militaires scouts, de ces mimiques de la discipline de garnison exécutées avec un sérieux un peu comique par des soldats d'opérette. Le ballet réglé du salut au drapeau du clan scout, les chants et le clairon, il connaissait mais l'assemblée réunie ce soir lui apparut plus mature, plus virile, plus déterminée.

Un frisson le saisit à l'écoute de l'introït du colonel :
-      Mes amis, mes camarades, mes frères de combat ! Nous voilà à nouveau réunis dans ce groupe de lutte contre la décadence de la France chrétienne. Nous l'avons nommé Durendal comme l'épée de Roland, cette épée avec laquelle il arrêta les Sarrasins à Roncevaux, avant que, trahi par Ganelon, blessé à mort, il n'envoie, après l'intercession de l'archange

Michel, son épée vers la vallée où elle alla se ficher dans le rocher de Notre-Dame de Rocamadour. Vous connaissez tous ce récit mais la question que je vous pose est qui sont les Ganelon de ce XXIème siècle ? Onze siècles après l'exploit de Roland, le comte de la Marche de Bretagne, qui veut ouvrir les portes du royaume de France aux sarrasins ? Le savez-vous, mes amis ?

- Hollande ! répondit une voix dans l'assistance.

- Oui, c'est lui et tout l'establishment socialio-maçonnique qui veut brader la France à l'émir du Qatar et au roi saoudien, ceux-là même qui financent et arment les barbares islamistes qui veulent reprendre Jérusalem, Constantinople et Rome ! Les laisserons-nous faire ? Je vous le demande, les laisserons nous faire ?

- Non ! hurlèrent plusieurs assistants.

- Non, nous ne les laisserons pas faire. Nous ne laisserons pas la terre de Jeanne violée par les idolâtres de la pierre noire, ces salafistes moyenâgeux, ces imams stipendiés par les pétrodollars qui mettent le feu aux banlieues et violent les filles de France. Il nous faut avoir la foi de Roland et la pureté de l'acier de sa lame pour défaire les hordes qui déferlent aujourd'hui sur l'Europe. C'est à une nouvelle croisade que je vous appelle, une croisade pour faire barrage aux milices islamistes puisque le pouvoir républicain ouvre grandes nos frontières dans cette passoire que l'on appelle espace Schengen !

Martin sentait les gars de plus en plus chauds, prêts à en découdre. Si le colon continuait encore longtemps son prêche de haine, quelques nervis au crane rasé allaient se livrer à des ratonades dans le métro, pensa-t-il. Mais l'orateur, avec une parfaite maîtrise de la rhétorique, apaisa son élan oratoire, comme un vent qui se calme, et entama un andante.
- Comment défendre nos valeurs chrétiennes alors que l'Eglise est aux mains des simoniens qui échangent des indulgences contre les ors de la République ? Comment défendre nos les racines chrétiennes de la France alors que l'Etat est sous la coupe des descendants

du petit Père Combes qui expropria églises et monastères et les média qui abrutissent le peuple aux mains des fils de Moïse ? J'ai ce soir une grande nouvelle à partager avec vous. Nous avons aujourd'hui l'occasion de défendre l'Occident chrétien.

L'auditoire resta en suspens les quelques secondes du silence ménagé par le prédicateur.
- Le pape François va accomplir une visite pastorale en France en décembre. Il célébrera une messe d'action de grâce en la cathédrale Notre-Dame de Paris le 25 décembre. L'information est confidentielle encore. Je la tiens d'un prélat de la Curie qui est proche de la FSSPX. Malgré ses faiblesses coupables à l'égard des adultères et des sodomites, François est le chef de l'Eglise catholique et romaine, nous lui devons obéissance mais notre mission est d'être le levain du peuple chrétien, aussi, je vous propose d'organiser, sous notre bannière frappée du cœur sanglant du Christ une manifestation devant la cathédrale Notre-

Dame au chant de "Dieu, sauve la France !" "Domine, salcum fac Regem" selon le Te Deum, l'hymne composé par la duchesse de Brinon en 1686 qui est aujourd'hui encore l'hymne britannique. Entonnons dés ce soir cet hymne chrétien sous la direction de l'abbé Tradoct. Mon Père, si vous voulez bien.

L'abbé Tradoct sembla s'éveiller de sa pieuse somnolence. Il redressa sa soutane usée et récita en latin le motet du psaume XIX de David mis en musique par Lully, chacun des assistants reprenant les vers après lui :

Domine salvum fac regem
et exaudi nos in die qua invocaverimus te.
Gloria Patri et Filio,
et Spiritui Sancto.
Sicut erat in principio
et nunc et semper et in saecula
saeculorum,
amen.
dont la traduction française est :
Seigneur, sauvez le Roi !

*et exaucez-nous lorsque nous vous
invoquons.
Gloire au Père et au Fils,
et au Saint-Esprit.
Comme il était au commencement
maintenant et toujours, pour les siècles
des siècles,
Amen.*

L'abbé Tradoct bénit ensuite d'un signe de croix les assistants qui se signèrent et vinrent à tour de rôle saluer le colonel et le prêtre qui se tenaient à l'estrade. Le sabre et le goupillon, auraient moqué les mécréants, pensa Martin surpris de son propre irrespect.

Martin resta en retrait et s'apprêtait à saluer à son tous les deux hommes quand ils le retinrent d'un geste. Le dernier assistant parti, le colonel dit à Martin :

- L'abbé et moi avons une question pour vous. Vous sentez-vous prêt à accomplir un acte audacieux pour le bien de notre Sainte Eglise et la défense des valeurs chrétiennes ?
- Bien sûr !

- La manifestation que j'ai annoncée aux jeunes ce soir sera en fait une diversion. L'abbé et moi avons un autre plan, secret; une action audacieuse pour provoquer un sursaut de la communauté des vrais croyants. Je vous en dirai plus lors d'un prochain rendez-vous. C'est pour cela que je ne vois ai pas présenté au reste du groupe. Mieux vaut que vous restiez anonyme. Dorénavant, vous êtes Clovis. Mon nom de guerre est Charles Martel, celui de l'abbé est Torquemada. N'utilisez que ces noms au téléphone dorénavant. Ton prénom chrétien Martin te prédestine à sauver la France !

Martin comprit qu'il venait d'entrer dans un nouveau cercle, celui des conspirateurs. Il était l'un des élus ! Son prénom prédestiné, celui de Saint Martin qui combattit l'arianisme et partagea sa chlamyde avec un pauvre mourant de froid avant de venir de sa lointaine Hongrie au IVème siècle pour évangéliser la Gaule, lui apparut comme un signe aussi évident que l'apparition de l'archange Saint Michel à Jeanne la Pucelle dans le ciel de Lorraine.

Martin/Clovis brûlait de confier la grande nouvelle à Clothilde. Malgré l'implicite obligation de secret qui le liait, il résolut de lui révéler sa mission dans son prochain courrier, celui du mois suivant puisqu'il n'avait droit qu'à une missive par mois avec la religieuse cloîtrée. Le secret de son complot serait bien gardé dans le silence du monastère dépeuplé de quelques rares moniales.

Lettre de Martin à Clothilde
16 octobre

Ma douce Clothilde,

Je me lève en pensant à toi et me couche en pensant à toi, un peu comme la chanson de Béart, cela me rend gai. La journée, je suis coupable de moins penser à toi, pris dans l'urgence vaine de mes études, la cohue anonyme parisienne du métro, les sms faussement préoccupés de ma mère qui a trouvé un nouveau rôle de composition, celui de la 'mère juive' et moi dans celui du fils rebelle à son boboisme. Le soir, je suis enfin seul avec toi. Je ne sais pas si tu m'entends dans ta cellule que j'imagine si froide et austère dans ton monastère que j'en frémis, mais je te parle. M'entends-tu ? C'est péché de te le dire, mais ce serait péché également de mentir, je pense avec une douce tristesse à notre unique nuit... Mais à quoi bon évoquer un moment d'égarement mais qui est mon plus beau souvenir.

La grande nouvelle est celle de ma cooptation au sein du cercle Durendal dont je t'ai parlé dans mon dernier courrier. A vrai dire, le parrainage du colonel de Kerbaouech m'a fait admettre sans autre forme de procès. L'abbé Tradoct était là aussi. Il assure la direction spirituelle du groupe que dirige militairement le colon. Les gars sont sympas autant qu'ai pu en juger; très motivés en tout cas. Le projet de manifester lors de la venue du Pape

François annoncé par le colon a suscité un grand enthousiasme. C'est vrai, j'aurais du commencer par ça, le Pape vient en visite pastorale en décembre ! Je ne sais pas si vous avez le droit de regarder la télévision dans votre couvent mais ce serait bien si vous pouviez suivre en direct la messe qu'il donnera en la cathédrale Notre-Dame de Paris le 25 décembre. Tu pourrais même, avec un peu de chance, me voir aussi, car nul doute que les policiers vont nous interpeller devant le porche quand nous déploierons notre étendard frappé du cœur sanglant du Christ et entonner en latin l'hymne : 'Dieu, sauve la France !'. Ce sera O.K. Corral avec les flics. On va faire comme les Femen mais pour la bonne cause. On se laissera traîner sans violence par les pieds à l'image des militants pacifistes. Le peuple de France verra en direct à la télé des fils de France se faire réprimer par la brutalité des CRS de l'Etat républicain et laïc. Embarqués en train de chanter en latin, cela aura une autre gueule que les poitrails dénudés de ces gourgandines Femen !

A vrai dire, je ne sais pas si tu me verras à la télé car le colonel et l'abbé ont un plan secret qu'ils vont bientôt me confier. C'est top secret mais, à toi, je peux bien en parler. Tu vas être fière de moi.

Ton Martin qui pense très fort à sa courageuse sœur.

Réponse de Clothilde
4 novembre 2016

Cher Martin,

Merci de ta lettre, mais quelle exaltation ! Tu sais que nos lettres sont ouvertes par la mère supérieure; tout le premier paragraphe de ta missive a été caviardé ; à bon escient, je n'en doute pas.
Je comprends de ton billet que tu as rejoint un groupe d'action de militants chrétiens dirigé par le colonel et l'abbé. L'harmonie de ma réclusion volontaire est fort troublée par toute cette agitation. Des

meilleures intentions peuvent naître des actions excessives voire condamnables. Évite de t'impliquer dans des actions violentes, je t'en prie. Notre Seigneur nous a enseigné une religion d'amour. Jésus a dit : « Remets ton glaive à sa place ; car toux ceux qui prennent le glaive périront par le glaive. » Matthieu, chap. 26 ; verset 51 - 54.

L'annonce de la venue de notre Saint-Père en décembre n'était pas parvenue jusqu'à notre quiète communauté. La Mère Supérieure, l'apprenant par ton courrier, après l'avoir fait confirmer par Mgr ***, l'évêque protecteur de notre communauté cloîtrée, l'a annoncé hier lors des agapes. Nous dînons en silence mais elle a tenu à nous faire partager ce grand bonheur. François a un sourire radieux qui viendra éclairer le peuple chrétien de France. Grande nouvelle pour toutes les moniales : la Mère supérieure nous a dit, qu'exceptionnellement, une télévision serait installée dans l'oratoire pour que nous puissions communier par la pensée et recevoir la bénédiction papale, nous autres heureuses recluses. Cette annonce a causé mille commentaires chez mes sœurs converses. Les plus anciennes ont raconté qu'elles avaient pu ainsi suivre à la radio les messes données par Jean-Paul II à Lourdes en août 2004 mais elles sont tout excitées par l'idée de suivre l'office à la télévision !

Voilà. Pour le reste, je fais mes dévotions avec la plus grande application et, non pas mes regrets, mais mes voeux de bonheur vont vers toi. Sors avec des camarades, vis dans le monde pour moi, fonde une famille chrétienne. Et sois prudent, pour moi.

Je ferai une prière pour toi devant la statue de Saint Martin qui veille devant une petite absidiole de notre chapelle.

Clothilde

Lettre de Martin à Clothilde
5 décembre 2016

Chère Clothilde,

Puisque je dois me censurer, permets moi seulement d'espérer que ta santé est bonne et que tu es heureuse dans ta nouvelle vie au service de Dieu et des hommes.

Je viens de lire Les deux étendards de Lucien Rebatet et je dois avouer m'être identifié à Régis amoureux platonique d'Anne-Marie Villars qui a décidé de prendre le voile. C'est un peu notre histoire. Je m'interroge depuis cette lecture pour savoir si ma foi est suffisamment forte pour imiter ton exemple et entrer au petit séminaire. La vie profane ne m'est d'aucun attrait. Je n'ai pas envie de gagner de l'argent comme un pharisien; mon cœur est fermé à un amour charnel maintenant, alors pourquoi ne pas tenter de réussir une vie de curé ? J'y pense très sérieusement. J'ai partagé ce projet avec l'abbé qui m'a félicité pour ce zèle mais m'a appelé à faire 'retraite en moi-même car on n'entre pas au service du Christ pour fuir le monde mais bien au contraire pour aller à la rencontre de ses frères et sœurs' m'a-t-il dit. 'La vocation ne doit pas être un choix par défaut mais un choix qui a la force de l'évidence' a-t-il aussi ajouté. 'Et puis, le Christ t'a donné une occasion de le servir immédiatement, sois à la hauteur !' ce par référence à notre audacieuse entreprise du 25 décembre prochain.

Je ne puis te révéler le secret de notre action prochaine mais sache seulement puisque tu vas voir les images à la télévision que jamais la vie du Pape François ne sera mise en danger. Je risque d'être inculpé et condamné à quelques mois de prison mais c'est le prix à payer pour réveiller les consciences chrétiennes endormies par Mammon.

Martin

De la Mère Supérieure du couvent de **   à Mgr ***
7 décembre 2016

La Mère supérieure prenant connaissance de ce courrier stupéfiant du jeune homme se résolut à faire une photocopie du courrier avant de le remettre sans le censurer à Clothilde. Elle fut tentée d'oblitérer le dernier paragraphe mais décida finalement qu'une réponse de Clothilde pourrait dissuader l'impétueux garçon de cette action qui l'inquiétait. Que voulait dire ce jeune exalté par une action conduite durant la messe solennelle célébrée par le Saint-Père qui pouvait lui valoir la prison sans mettre en danger le Pontife. Un attentat ? Le souvenir de l'attentat contre le Pape Jean-Paul II par Ali Ağca lui fit décider de partager son inquiétude avec Mgr ***

Mgr *** était un prélat moderne qui avait été, en sa jeunesse, aumônier de prison. Il avait gardé de cette époque une connaissance de la délinquance et une relation confiante avec les autorités séculières. Le scandale causé par le manque de discernement, jugé coupable par certains média, du cardinal Barbarin lui suggéra de ne pas prendre le risque de sceller cette information sur une action peut-être terroriste contre le Saint-Père, qui, de façon certaine, troublerait l'office solennel. Ayant informé Mgr ***** le chef de la conférence des évêques de France ainsi que Mgr Jean-Vingt Trois, archevêque de Paris et le Nonce apostolique de sa démarche, il appela le commissaire Raymond Aubière cf. 14 Juillet qu'il avait connu de ses années d'aumônerie, alors simple lieutenant de police et avec qui il échangeait des voeux de bonne année depuis trente ans. Le policier des RT (Renseignements Territoriaux) prit très au sérieux l'information et, après avoir noté le nom du comploteur, et s'être vu refusé celui de Clothilde, fit une note blanche en urgence à la DGSI. Malik Benamar reçut pour traitement la note le surlendemain.

Zonzon
12 décembre 2016

A la lecture de la note blanche du commissaire Aubière, le lieutenant Benamar demanda une interception des communications de Martin. La procédure simplifié et accéléré organisée par la loi du 22 juillet 2015, permit la mise en place dans la journée du zonzon (l'écoute).

Malik reçut le surlendemain les fadettes de Martin de la part de l'opérateur téléphonique ainsi que le détail de l'historique des connections internet de sa box.

Martin consultait assidûment les blogs ultranationalistes, souverainistes, épisodiquement ceux royalistes, très souvent les sites catholiques intégristes. Sur YouTube, il avait visionné les éructations de Dieudonné, les anathèmes de Soral, les guerres lasses d'Holleindre. Il avait acheté sur Amazon le pamphlet d'Eric Zemmour Le suicide français, quelques opuscules complotistes aussi mais son budget d'étudiant lui faisait surtout consommer en ligne le brouet fétide des xénophobes; il avait ainsi téléchargé notamment Les carnets de Turner, le suprématiste blanc américain inspirateur de la secte Dies irae. Mein Kampf avait pris place dans sa bibliothèque électronique également. La DGRT transmit à Malik une fiche sur le cercle Durendal : "classé comme factieux, composé de catholiques intégristes à tendance fascistes sans activité violente connue mais à surveiller." Martin était inconnu des fichiers de police. Malik demanda aux RT une biographie des deux dirigeants du groupuscule, le colonel Erwan de Kerbaouech et l'abbé Philippe Tradoct.

La fiche du colonel relatait une carrière militaire de baroudeur : lieutenant dans les commandos du 1er Rima lors de la campagne au Tonkin, puis Algérie, versé, à sa demande, dans le régiment de paras commandé par Massu, celui qui avait gagné la 'bataille d'Alger, médaille militaire, plusieurs citations à l'ordre du corps d'armée. Son ralliement en avril 1961 au putsch du "quarteron' de généraux en retraite", selon la formule du général de Gaulle, lui avait valu une traversée du désert et une retraite 'colonel quart de place ' en 1984. Le profil typique du vieux soldat nostalgique qui occupe sa retraite en militant dans des groupuscules nationalistes. Dans son langage fleuri, l'officier des RG, auteur de la notice biographique, notait : "Vieille ganache, gueulard mais peu susceptible d'actions sur la voie publique de peur de perdre son ¼ de place". La faible dangerosité du gradé sembla à Malik sous-évalué à la lecture de celle de son affidé, l'abbé Tradoct.

L'abbé Tradoct apparaissait en effet à la lecture de sa fiche comme un ancien prêtre, ultra, activiste de la FSSPX, meneur d'une bande scout classé à l'extrême droite de la droite catho intégriste, suspendu a divinis par un tribunal ecclésiastique car convaincu d' outrages à mineurs par adulte ayant autorité, en clair un pédophile, le genre de type qui a des comptes à régler avec la hiérarchie ecclésiastique et les pouvoirs publics. Un exalté dangereux, jugea Malik qui décida de mettre également le prêtre défroqué sous écoutes pour évaluer ce qu'il tramait vraiment car, intuitivement, Malik fit du curé pédophile le deus ex machina du complot.

Malik fit mettre sur écoute les trois conspirateurs.

לילה Leilia ﻟﻴﻠﻰ
14 décembre

L'émir de Daech, l'officier traitant d'Odile, qui avait réveillé l'agente dormante, organisa un chat avec Odile via la messagerie sécurisée Telegram, messagerie russe très prisée des djihadistes et des mafieux, car proclamée 'NSA proof' (hermétique aux intrusions de la NSA). Le dialogue par sms se déroula en mots codés. Jean Le Drenec, lors de la préparation de l'attentat raté contre François Hollande en Juillet 2016, avait enseigné aux membres du commando comment communiquer de manière occulte avec l'état-major de Daech en leur envoyant le guide de la sécurité informatique de l'Etat islamique. *cf. 14 Juillet*

Les connexions internet devaient être établies à travers ToR, le service qui anonymisait les adresses IP, les communications passer par Telegram, la messagerie sécurisée et ne jamais utiliser son nom mais un pseudonyme.

L'identité de l'émir, un français de Lunel ayant rejoint la Syrie en 2015, était dissimulée derrière un nom de guerre. Français, il avait la responsabilité sous les ordres d'Abou Kassem, des recrues francophones venant de France, Belgique, Suisse. Odile avait choisi comme pseudonyme Leila, sans nom de famille, un prénom très répandue dans les communautés hébraïques, iraniennes et arabe. Elle aimait que Leila, prononcé Leelah, signifie la nuit en hébreu, la poussière, et soit, selon certaines interprétations de la Torah par le Talmud de Babylone, le nom d'un ange venu aider Abraham à libérer Lot des mains des rois qui l'avaient fait prisonnier, après avoir vaincu les rois de Sodome et Gomorrhe qui s'étaient noyés dans leur fuite dans des puits de bitume.

La double signification du mot en arabe, Laylat, la nuit mais aussi Leïla, "Le début du vertige et de l'ivresse de l'amour", qui désigne chez les musulmans soufis "L'amour divin" et "Le début de l'état de transe" chez les derviches tourneurs fascinait l'étudiante en lettres classiques. Elle se reconnaissait aussi dans l'histoire enfin de la belle Leïla, une jeune femme iranienne belle épouse d'un riche marchand plus âgé qu'elle, Leïla collectionnait les amants, son époux ne pouvant l'honorer sexuellement. L'un des amants s'est permis d'assassiner le mari voulant Leïla pour lui seul. Bouleversée, elle se mit à haïr les hommes et tua un à un ses amants pour être enfin lapidée en place publique par la population et ensuite reconnue martyre au XIIe siècle.

« Je serai la nuit pour les ennemis de l'Islam, N ε´ μ ε σ ι ς, la Némésis djihadiste, la fille de la Nuit, la vengeance divine qui s'exerce contre les hommes qui veulent échapper à leur destin, le blâme collectif ! » se promit Odile, dans son langage pédant de normalienne.

L'échange entre Leila et l'émir fut moins littéraire, le djihadiste ayant manifestement quitté le lycée sans maîtriser le français à en juger par les fautes d'orthographe et de grammaire de ses messages :

- Tu as pu faire un repérage du lieu comme je te l'avais demandé ?

- Oui. Les entrées seront filtrées. Probablement un portique ? Impossible de rentrer dans le bâtiment.

- Bon, on va donc faire l'opé dehors. Tu e toujours décidée à devenir martyre ?

- Oui, mais comment fabriquer la ceinture. Je n'y connais rien.

- Tu trouveras un mode de fabrication dans le numéro de janvier 2015 d'Inspire, la revue d'AQPA. Le vrai problème, c'est comment la dissimuler.

- On sera en décembre. Je peux porter une doudoune. Au pire, je me déguiserai en femme enceinte.
- Bonne idée. Tu as pu trouver des infos sur l'organisation du truc, les horaires, l'itinéraire du pape ?
- Oui. Les sites catho sont tout excités et rivalisent d'informations. J'ai regardé un reportage sur la chaine Kto qui raconte le déroulé. Le Pape a décidé d'arriver en Papamobile jusqu'au parvis de Notre-Dame et d'entrer par le portail du Jugement. Il tient à saluer la foule massée sur la place Jean-Paul II avant de remonter toute la nef jusqu'à l'autel. On aura quelques minutes pour agir à sa descente de voiture. Impossible de l'approcher mais je peux réussir à me glisser dans la foule tenue à une distance de moins de deux cent mètres.
- C'est tout bon. Procure-toi les produits nécessaires à l'explosif. Tu trouveras cela dans n'importe quel Casto. On se rappelle la semaine prochaine, même heure, pour savoir où tu en es dans tes préparatifs.

Odile ferma la session Telegram sur son ordinateur et rechercha le numéro de Dabiq indiqué par l'émir au timbre chantant du Languedoc. Cela lui prit moins de cinq minutes pour trouver la revue sur un site djihadiste caché dans la toile. La police clamait fermer des centaines de sites mais des sites relais, des clones, renaissaient de manière virale. Les services de lutte anti-terroriste vidaient avec un dès à coudre l'océan de propagande.

La jeune femme téléchargea le fichier .PDF. Le magazine, était maquetté avec élégance comme un Vogue ou un Vanity Fair, à la différence près que les mannequins étaient des jeunes djihadistes épanouis. Dans un article, pleine première page, un beau gars barbu, un caucasien, comme aurait dit la police, souriait, se confiant dans une longue interview avant son martyr. Une brève notice de la rédaction précisait que Robert Smith alias Mohamed el Haddad (le forgeron, un jeu de mot sur le sens de Smith), citoyen né américain, combattant d'AQPA était mort en martyr en faisant exploser sa ceinture à un check-point tenu par des soldats américains devant l'ambassade américaine à Aden. En page 'pratique', Odile trouva la recette de fabrication d'une bombe artisanale : les ingrédients, leur proportion, le tour de main pour les mélanger, la conservation, « une vraie recette de cuisine, s'amusa Clothilde, moi qui ne sait pas cuire une omelette ! ».

Odile nota les différents ingrédients nécessaires à la composition de son gâteau explosif et alla faire faire ses courses, achetant chaque produit, en payant en espèces, dans un magasin de bricolage différent, pour ne pas alerter un éventuel expert. Ce qu'Odile ne savait pas c'était que le fichier qu'elle avait téléchargé contenait un virus informatique qui transmit à la cellule de détection des activités terroristes sur le dark net son numéro d'IP. Le site 'djihadiste' était en fait un 'pot de miel', un miroir aux alouettes, qui permettait de repérer les candidats au djihad. Le nom d'Odile Bondues vint ainsi s'ajouter au fichier PSPRT, la base de données sur les français radicalisés, fichier publié et déclaré secret défense en octobre 2015. Ses mails, ses conversations et sms, entrèrent dorénavant dans la moulinette informatique qui reconnaissant certains mots clés, sélectionnait les suspects les plus dangereux pour les faire entrer dans le panier des écoutes et, pour les plus dangereux, de filatures.

Les techos de la DGSI posèrent une backdoor sur l'ordinateur d'Odile qui remontait les frappes clavier de l'ordinateur, ce qui bypassait les protections pensées inviolables de Tor+Telegram. L'analyse de la transcription en clair des échanges entre Leila et l'émir de Daech avec notamment le mot 'Pape' fut attribuée à Malik Benamar qui était déjà en charge d'une alerte sur une possible action de catholique intégristes.

« Bon, après les catho, Daech maintenant ! C'est quoi ce bordel. Ils en veulent tous à la peau de François. » fut la première réaction du lieutenant qui sut que son déjeuner de Noël avec sa famille était à l'eau car il serait de permanence le 25 décembre. « Autant l'annoncer à Madeleine dès ce soir. Elle pourra aller déjeuner avec son père, veuf, venu de son île bretonne de Bréhat pour les fêtes. »

Protocole pontifical
14 décembre

Manuel Vals, le Premier ministre n'était pas partageux quand il s'agissait de prendre la lumière. La venue de François en terre française était une occasion trop belle de soigner son profil de 'laïc positif' pour copier Nicolas Sarkozy qui était son mentor en politique, sinon en convictions, du moins en autopromotion permanente et vibrionnante. L'ancien Président avait, en son temps, tenté de débaucher le député-maire d'Evry lors de son OPA sur la gauche réformiste. Attali, l'ancien sherpa de François Mitterrand, Kouchner, ex-ministre de Lionel Jospin, Jean-Pierre

Jouyet le copain de chambrée à Coetquidan de la même promotion à l'Ena que François Hollande, Martin Hirsch, l'ancien directeur d'Emmaüs, avaient suivi le joueur de flûte après son élection. Eric Besson, le Ganelon du PS, avait misé sur le noir et emporté la mise d'un ministère de l'intégration, innovation jugée vichyste par la gauche germanopratine.

Manuel Vals traversait la gauche du pas d'un homme pressé. Venu de la gauche radicale estudiantine, il s'était ligué avec quelques jeunes turcs, les Alain Bauer, Jean-Christophe Cambadelis, Jean-Paul Huchon, Daniel Vaillant, dans un entrisme actif, rival des lambertistes jospiniens, des anciens trotskistes, pour former la jeune garde de Michel Rocard qui avant d'être envoyé comme Ambassadeur extraordinaire de la France sur les terres australes par Nicolas Sarkozy avait été carbonisé par le sphinx mitterrandien. L'épisode rocardien avait enseigné au jeune permanent de Solferino que les assassinats par ses meilleurs amis ne ressortissaient pas que des fictions hollywoodiennes de mafieux et qu'il lui fallait être élu pour disposer d'une base arrière d'où canarder, selon les opportunités changeantes, ses ennemis et aussi, parfois, son propre clan pour affirmer sa capacité de leadership. Exister en politique relève plus souvent de la capacité de nuire que de servir. On ne compte plus lors des remaniements les ministres nommés plus pour les faire taire que pour les faire parler. Fils d'un peintre, républicain espagnol, Vals avait la hargne et l'énergie des pionniers américains. Comme Sarkozy, fils d'un immigré hongrois, d'ascendance juive, prit sa revanche sur les snobs de Neuilly-Passy en en devenant le maire. Vals voulait s'intégrer et vite, adoptant les codes mais gardant les rudes mœurs d'un fils d'immigré qui avait subi les vexations de l'établissement français, rassis de certitudes et de xénophobie rampante. En fait, il faisait de la politique à l'américaine, sans complexe, jugeant les moyens à l'aune de leur efficacité plus qu'à celle de leur sincérité. Les codes de la réclame électorale, il les maîtrisait : une belle gueule, une garde robe relookée par une consultante, Manuel avait renoncé à la cravate noire ton sur ton sur une chemise noire qui puait son syndicaliste de base ; une allure sportive, entretenue par la boxe, fini le temps des politiciens rondouillards dont la bedaine rassurait les bourgeois, le diktat de la minceur, imposée par les stars de cinéma, signe d'énergie et de santé, avait fait oublier les Raymond Barre et autres Balladur, surnommé Ballamou, justement pour cette allure de notaires de province, une jolie femme - les politiciens français étaient persuadés depuis Kennedy et Jacqueline Bouvier, Barak et Michèle Obama, Blair Tony et Chérie, que l'électeur vote pour un couple, la femme amoureuse témoignant des qualités morales et des performances sexuelles dans l'inconscient populaire, se faire plaquer était problématique comme Sarkozy l'avait expérimenté avant de rétablir brillamment son capital de mâle alpha par la conquête d'une femme trophée : Carla Bruni; l'infidélité conjugale n'était pour le votant gaulois pas un handicap, plutôt la démonstration d'une énergie, surtout pour les politiciens dont le look n'était pas celui d'un Clooney comme Hollande; la garden party du 14 juillet et les tabloïds Voici ou Paris match publireportaient les couples glamour qui duraient parfois le temps météorique d'une mandature comme le couple Eric Besson et Yasmine Tordjman, le transfuge socialiste rallié à Sarkozy. Se remarier avec une jeunesse était un élément du plan de carrière politique. Anne Gravoin, l'épouse de Manuel avait toutes ces qualités : belle, intelligente, brillante, talentueuse musicienne, avec des amitiés dans le microcosme cultureux parisien à droite, Johny (Halliday), à gauche (Renaud), elle servait de caution intellectuelle à son mari qui gérait sa cote auprès des moins cultivés, mais majoritaires, français par son assiduité aux jeux du cirque footeux.

Donc, Manuel Vals, Premier ministre de France, comme avait dit Fabius lors d'un face-à-face raté avec Jacques Chirac, avait convoqué en son hôtel de Matignon, Bernard Cazeneuve, Jean-Marc Ayrault et pour faire bon poids Jean-Yves Le Drian. La convocation à la réunion interministérielle envoyée par le SGG indiquait : Organisation de la visite pastorale du Pape François des 23 au 25 décembre.

La présence de Cazeneuve était nécessaire, la convocation d'Ayrault était une mesquine satisfaction pour celui qui l'avait fait virer quelques mois auparavant. Le Drian, au titre de la contribution du ministère de la défense à l'opération Sentinelle était utile mais pas indispensable, mais diviser pour s'assurer une capacité de coordonner est un basic du management.

La berline blindée de Bernard Cazeneuve, toujours zen et organisé comme une montre suisse, arriva ponctuelle sur le gravier de la cour de Matignon. Il reçut le salut du gendarme en tenue d'apparat qui lui ouvrit la porte qui conduisait au bureau du Premier ministre. Vals avait repris le grand bureau ouvrant sur le jardin occupé par Fillon pour se démarquer d'Ayrault.

Les hommes politiques aiment à changer de place, quand ils le peuvent leur bureau et s'ils ne le peuvent pas, ils changent le mobilier. C'est comme changer les draps dans un hôtel, une forme d'hygiène, et, de fait, les dirigeants politiques ne sont que d'éphémères occupants du mobilier national. Ce qui rappelle la blague d'un ancien ministre anglais qui disait avoir réalisé qu'il n'était plus ministre quand, s'asseyant à l'arrière de sa voiture, elle ne démarra pas toute seule ou celle moins drôle de cette préfète de Lozère qui finit en prison pour avoir volé le mobilier national.

Vals se leva pour serrer la main de Cazeneuve en souriant. Les deux hommes se respectaient. Vals laissait la bride sur le cou à Cazeneuve qui faisait, à la surprise générale, et presque à la sienne, lui qui ambitionnait, au sortir du budget, la Chancellerie, un parcours sans faute dans la maison poulaga. Les polémiques de certains vibrions de droite et d'extrême droite sur les failles supposées du dispositif de prévention contre le terrorisme, il les écartait comme le cheval les taons, et le cédait pas aux provocations des cries d'orfraie de la gauche intermondialiste quand il rasait le Calcutta calaisien. Il faisait bonne figure aussi quand Najat Vallaud-Belkacem, la ministre des enseignants, venait tenter de lui voler la lumière à l'occasion de visites de brigades de sapeurs-pompiers après les attentats de novembre 2015.

- Jean-Marc et Jean-Yves ne sont pas là ? s'étonna, hypocritement, Cazeneuve
- Non. Jean-Yves est parti vendre des Rafale aux Emirats et Jean-Marc s'est inventé une réunion à Bruxelles. On est tous les deux, je vais si tu veux bien demander à mon dircab de nous rejoindre pour faire le compte-rendu de notre discussion dans dix minutes. On fera venir aussi le conseiller de Le Drian et le directeur Vatican du Quai qui font antichambre. Mais c'est bien que l'on règle en tête-à-tête les règles du jeu car cette visite de François, entre nous on peut se le dire, il fait ça pour nous emmerder. A cinq mois des élections, après nous avoir bêchés lors de notre audience en 2014, et reçu le couple Sarkozy en mars dernier, sa

venue va faire ressortir les excités de la Manif pour tous, les Femen et quelques autres zigotos. Tout cela n'est pas bon pour François, le nôtre de François, j'entends. Ce n'est pas parce que 60 % des cathos votent à droite qu'il faut laisser aux Républicains le champ libre. Paradoxalement, François est un Pape de gauche, on devrait réussir à s'entendre avec lui. Mais il ne faut pas non plus en faire trop car cela nous vaudrait un retour de bâton de nos bouffeurs de curé.

\- Je partage ton analyse. Le timing de la visite n'est pas bon mais c'est comme le judo, il faut essayer d'en tirer un bénéfice. Je pense qu'il faut faire une opération 'tapis rouge' et tendre la joue gauche, en clair, ne pas répondre au manque d'empressement pontifical de 2014 et, faisant abstraction de la vexation du refus de la nomination de Stefanini au poste d'ambassadeur auprès du Vatican, se comporter comme la fille aînée de l'Eglise.

\- Ouais, mais en clair, tu proposes quoi, que Hollande baise l'anneau papal ; ça m'étonnerait qu'il accepte...

- Le courant ne passe pas entre eux; de toute façon, tant qu'il ne sera pas remarié, il vit dans le péché aux yeux des catholiques, on n'y peut rien. Peut-être parce qu'ils sont tous les deux jésuites, je blague. En parlant de blague, tu connais celle du Jésuite et du Franciscain ?
- Non, elle est drôle ?
- Je ne suis pas sûr que tu puisses la replacer auprès du Saint-Père mais la voila : " Un Père Franciscain, énervé de ce que les jésuites répondaient toujours, comme des sophistes, à une question par une autre question, rencontre un Jésuite et lui demande : mon Père, pourquoi répondez-vous toujours par une question à une interrogation que l'on vous fait ? A quoi le Jésuite, répondit : Mais pourquoi me posez-vous cette question ?".
- Elle est bonne; mais pour en revenir à nos moutons, on fait quoi pour honorer ce Pape qui nous snobe ?
- Tu assistes à l'office religieux avec moi. Comme Ministre des Cultes, j'y suis obligatoirement, mais ta présence sera vue comme un signal positif qui viendra apaiser tes prises de position jugées

laïcistes par les agités intégristes. On pourrait aussi donner quelque argent aux associations de soutien aux chrétiens d'Orient. On pourrait demander à quelques députés socialistes pratiquants de le faire sur leur réserve parlementaire; ce sera plus discret mais je le ferai savoir à la nonciature et au cardinal André Vingt Trois, l'archevêque de Paris.

- Je ne sais pas trop. Il y a autant à perdre sur notre gauche qu'à grappiller à droite. Je pense préférable que tu assures le service minimal.

- Pour parler franc, je suis surtout soucieux de la sécurité du Pape face à un attentat que du vote catholique. La nonciature m'a fait savoir que le Pape entendait parader dans Paris en Papamobile ! Quand aux manifs et contre-manif, on y aura droit.

- Ce Pape a vraiment décidé de nous gâcher les fêtes de Noël. Au moins, il vient en décembre et ne pourra pas nous demander d'organiser une messe en plein air comme Benoit XVI en septembre 2008. Bon, je te fais confiance, on va devoir le tenir à la soutane pendant son séjour en

France. Je fais entrer les conseillers puisqu'on en a fini.

Via dolorosa
14 décembre

L'archevêque de Paris et le Nonce pontifical étaient réunis dans le salon de l'évêché depuis deux heures déjà. Les deux prélats penchés sur une carte de Paris débattaient du chemin à faire parcourir par la Papamobile dans Paris jusqu'au parvis de Notre-Dame. Le secrétaire d'Etat du Vatican, le cardinal Pietro Parolin les avait informés de la volonté du Pape François de se montrer aux parisiens refusant par avance, malgré le risque d'attentat important en France déjà frappée par les attentats de Charlie Hebdo en janvier 2015 et du Bataclan en novembre 2015 ainsi que par la tentative d'attentat déjouée contre le Président François Hollande en juillet 2016
cf. Djihad 4.0 - 14 Juillet.

Le cardinal André Vingt-Trois, archevêque de Paris, était habillé sobrement d'une soutane et mozette noires avec des liserés et des boutons rouges. Seule sa ceinture pourpre et sa croix pectorale en argent signalait sa dignité aux non initiés des costumes ecclésiastiques. Mgr Luigi Ventura le nonce portait, lui, le pourpre cardinale rouge sang comme celui des 'cardinalis', les officiers de l'empire et surtout pour rappeler le sang du Christ répandu pour le salut des hommes, une croix pectorale en argent, et un chapeau romain, orné d'une torsade et de glands rouges et or. Ce costume qui surprenait même dans les couloirs de l'évêché témoignait, dans l'esprit du nonce de son statut exterritorial en tant qu'ambassadeur de l'Etat souverain du Vatican en France.
Mgr Luigi Ventura, italien, diplomate de carrière, formé au sein du Conseil pour les Affaires publiques de l'Eglise, devenu aujourd'hui, au sein de la Secrétairerie d'Etat, la Section pour les Relations du Saint-Siège avec les Etats, avait été nommé Nonce apostolique auprès de la France par Paris par le Pape Benoît XVI

en septembre 2009, succédant à Fortunato Baldeli dont le rappel avait demandé par Bernard Kouchner en représailles du refus par la Curie de la nomination d'un homme pacsé au poste d'Ambassadeur de France au Vatican. Le cardinal Baldeli avait été recasé comme Grand Pénitencier de l'Eglise Romaine. Sa mission était d'apprécier les cas de conscience des fidèles particulièrement difficiles, ceux pour lesquels le Pape est sollicité pour tout ce qui touche au for interne, actes avoués en confession et pour tout ce qui a trait aux concessions et à l'usage des indulgences qui sont la rémission totale ou partielle, devant Dieu, de la peine temporelle due, le temps qui devra être passé au purgatoire pour les péchés déjà pardonnés par la pénitence. Selon la doctrine catholique, le péché est en effet effacé par le sacrement du pardon (confession). Mais ce sacrement n'enlève pas la peine temporelle due au péché, qui se traduit généralement par un temps de purgatoire si elle n'est pas d'abord purgée sur terre par des actes de réparation (actes de foi et de charité). Cette peine temporelle peut être atténuée voire effacée par l'indulgence. L'indulgence est dite partielle ou plénière, selon qu'elle libère partiellement ou totalement de la peine temporelle due pour le péché. Les indulgences partielles peuvent être concédées par l'autorité épiscopale, les indulgences plénières étant le fait réservé de la Pénitencerie apostolique.

Le cardinal André Vingt-Trois, l'archevêque de Paris, avait succédé en 2005 au cardinal Lustiger, ce grand homme d'Eglise qui avait incarné un renouveau pastoral tout en restant ferme sur les positions éthiques de l'Eglise. Très proche de Jean-Paul II avec lequel il parlait en polonais, Aron Jean-Marie Lustiger avait été un pont entre la communauté juive et chrétienne, en réglant notamment l'affaire de l'installation des Carmélites à Auschwitz et en organisant la visite pastorale de Jean-Paul II à Jérusalem en l'an 2000 marquée par son recueillement au mémorial Yad Vashem et sa prière au mur des Lamentations marquée par la reconnaissance de la dette chrétienne aux

« frères aînés » juifs. L'épitaphe de Mgr Lustiger résume sa vie :

Je suis né juif. J'ai reçu le nom de mon grand-père paternel, Aron. Devenu chrétien par la foi et le baptême, je suis demeuré juif comme le demeuraient les Apôtres. J'ai pour saints patrons Aron le Grand Prêtre, saint Jean l'Apôtre, sainte Marie pleine de grâce. Nommé 139ᵉ archevêque de Paris par Sa Sainteté le pape Jean-Paul II, j'ai été intronisé dans cette cathédrale le 27 février 1981, puis j'y ai exercé tout mon ministère. Passants, priez pour moi.

François était aussi charismatique que Jean-Paul II. Le renouveau qu'il incarnait, ses paroles de fraternité à l'égard des homosexuels "Qui suis-je pour les juger ?", son humilité, le rayonnement de sa charité, la rupture assumée avec le décorum pontifical de l' évêque de Rome, comme il s'était désigné lors de son discours à Rome et au monde jour de son élection, qui refusant de loger dans les somptuaires appartements du Vatican, décidant d'occuper une modeste chambre dans la résidence Sainte Marthe, hébergeant les cardinaux lors des conclaves. Cohérent avec le choix de son nom papal, le pape argentin, premier pape jésuite, qui avait pris pour modèle saint François, s'engageait contre la pauvreté et pour la protection des réfugiés.

La modestie et le refus du faste pontifical affiché par François n'était pas ostentatoire mais pédagogique. François voulait donner l'exemple de la sobriété à la curie romaine. La gabegie des appartements de centaines de mètres carrés, situés au cœur de Rome, occupés pour des loyers dérisoires par des employés et protégés du Vatican constituaient un scandale. Nombre de cardinaux vivaient, à titre gracieux, comme des princes de la Renaissance, dans de somptuaires appartements de centaines de mètres carrés, servis par un personnel de maison constitué de sœurs et jeunes prêtres. Le parc automobile du Vatican comportait des berlines de luxe. Jean-Paul II, puis Benoit XVI, avaient engagé une réforme de la gouvernance de l'Etat du Vatican mais leur volonté s'était brisée sur la résistance des prélats carriéristes. Le scandale de la Banque Ambrosiano en 198, établissement qui avait servi à la mafia pour laver de l'argent sale, marqué par la révélation des agissements de la loge maçonnique P2, la mise à l'écart de Mgr Paul Marcinkus, cardinal d'origine américaine convaincu de corruption, le suicide, ou plus probablement l'assassinat de Roberto Calvi, son manager général, membre de la Loge P2, retrouvé pendu sous le Friars bridge (Pont des Frères) de Londres avaient été un tremblement de terre pour le Vatican. La mort subite du Pape Jean-Paul 1er, dans la nuit du 28 septembre 1978, d'un infarctus, après seulement trente-trois jours de pontificat, alors qu'il voulait enquêter sur des agissements répréhensibles de la Banque du Vatican, est restée mystérieuse compte tenu de l'absence d'autopsie. Jean-Paul II avait voulu poursuivre la réforme mais s'était affronté à la capacité d'obstruction passive de la Curie romaine. Benoit XVI s'était épuisé à la capacité d'amortissement pateline des 'fat cats' cardinalices. Epuisé par ce combat, Joseph Alosius Ratzinger avait passé la main à François qui inaugurait, ce qui est rarissime, un nom nouveau de Pape - le dernier à l'avoir fait, après dix siècles de numérotation de prénoms existants, était Jean-Paul 1er, un signe ? - lui qui avait, selon certaines rumeurs, car les délibérations du conclave sont secrètes, décliné la charge pontificale après son élection, ou renoncé à concourir dans la dernière ligne droite malgré un mano a mano possible, laissant la place à Benoit XVI qui, en un sens, lui aurait 'renvoyé l'ascenseur' en démissionnant, à la surprise générale, le 11 février 2016.

Le message d'adieu de Grégoire XVI dans sa dernière messe pontificale en la basilique Saint Pierre dénonçant « l'hypocrisie religieuse » et « les attitudes qui recherchent les applaudissements et l'approbation » estimant que "le visage de l'Eglise est « parfois défiguré » était, en termes à peine voilés, une condamnation des conservatismes de la Curie romaine. « Je pense notamment aux coups portés à l'unité de l'Eglise, aux divisions du corps ecclésial ». Plus généralement, le pape démissionnaire dénonçait l'incohérence de ceux qui se disent prêts à "déchirer leurs propres vêtements, face à des scandales et des injustices, naturellement perpétrés par d'autres" mais ne sont pas "prêts à agir sur leur propre cœur, sur leur conscience et sur leurs intentions", et exprimait son usure face aux cabales de la Curie et au goût du lucre de certains prélats.

Ce viatique, le Pape François l'avait bien reçu et, dés le début de son pontificat, il décida d'engager un audit de la situation financière du Vatican, confiant à un groupe de prélats et de laïcs experts, dirigeants mondiaux de cabinets d'expertise comptable et d'organisation, agissant pro bono, la mission de diriger une mission d'inspection afin de lui présenter des recommandations pour instaurer enfin une bonne gouvernance des deniers de l'Eglise. Selon les mots du Pape, le 3 juillet 2013, mots révélés par Gianluigi Muzzi, journaliste italien d'investigation, spécialiste des affaires vaticanes, "Il faut rendre les finances du Saint-Siège plus claires et plus transparentes... on peut dire qu'une large partie des coûts est hors de contrôle... les caisses sont dans un état chaotique... si nous ne sommes pas capables de sauvegarder notre argent, qui est visible, comment ferons-nous pour sauver les âmes de nos fidèles qui ne le sont pas ?". Les réformes, les changements d'homme sont en marche mais la résistance au 'Pape venu du bout du monde' s'est organisé comme en témoigne sa difficulté à faire évoluer la position de la Conférence sur la famille ou l'étouffement de Mgr Pell nommé à la tête d'un Secrétariat à l'économie appuyé par un Conseil pour l'économie constitué, révolution, de huit prélats et sept laïcs !

Ce Pape réformateur avait décidé de donner du souci au gouvernement de François Hollande en célébrant la fin du Jubilé de la rédemption par une messe d'action de grâce en la cathédrale Notre-Dame après avoir accompli douze stations dans les rues de Paris. Face à l'impossibilité d'organiser en plein air, en décembre, une messe dans Paris, le Pape avait demandé que soient organisés douze moments de rencontre avec des malades, des demandeurs d'asile, des SDF, des moines et moniales, des jeunes, les représentants des religions du Livre : le Grand Rabbin de France, l'imam de la Mosquée de Paris, le Président du Conseil national de l'église protestante unie de France, et d'autres rencontres encore. Le nombre douze avait bien évidemment une valeur symbolique forte et le cardinal André Vingt-Trois ne put échapper à la tentation de plaisanter : « Le Saint-Père nous demande d'organiser une via dolorosa; il va arriver épuisé pour la consécration et pour l'instant c'est nous qui devons porter sa croix ! ».

Mehmet Ali Ağca
14 décembre

Le Pape étant particulièrement menacé par un attentat djihadiste, Jean-Marc Falcone, le Directeur de la DGPN transmit à son collègue Paul Vralac, Directeur de la DGSI, une fiche évaluant, au regard des attaques dont avaient été l'objet Jean-Paul II et Benoit XVI, les enseignements tirés pour le dispositif de sécurité du Pape, en lui demandant si la DGSI avait des compléments d'information pour finaliser la note destinée au cabinet du ministre afin de valider le dispositif exceptionnel de sécurité du Pape avec la Préfecture de police de Paris et le SDLP (Service De la Protection des Personnalités).

Le capitaine Malik Benamar fut chargé de rédiger la réponse de la DGSI.

Le récit des circonstances de la tentative de meurtre de Jean-Paul II par Mehmet Ali Ağca le 13 mai 1981 constituait l'essentiel de la note. Le terroriste avait bénéficié d'une invitation du protocole du Vatican pour se joindre à un groupe de pèlerins placés sur la place Saint-Pierre de Rome pour saluer le Pape venu célébrer la messe. Ali Ağca avait pu dégainer un pistolet et tirer à deux reprises sur le Saint-Père debout sans sa voiture qui ne disposait, alors, d'aucunes vitres blindées. Les Papamobiles ne furent en effet équipées de vitres à l'épreuve des balles qu'après cet attentat. L'absence de mesures de sécurité sérieuses à l'époque ne procurait guère d'enseignements utiles pour un éventuel attentat. N'importe quel déséquilibré pouvait alors s'approcher du Pontife et l'assassiner. Jean-Paul II, un Pape d'une complexion solide, un sportif, avait refusé d'être chaperonné par un garde du corps. Ayant échappé de peu à la mort, il se convainquit que ce geste était annoncé par le Troisième secret de Fatima, que c'était la volonté divine qu'il ait été revolvérisé mais ait survécu à ses blessures. Il pardonna à Ali Ağca, lui rendit même visite dans sa prison. Ali Ağca, musulman, fit un temps résipiscence et même se convertit au catholicisme ce qui ne l'empêcha pas de déclarer par la suite être prêt à assassiner Benoit XVI si une voix l'exigeait de lui.

Plus que la personnalité, manifestement dérangée du terroriste, les incertitudes sur sa motivation et ses éventuels commanditaires intéressèrent l'officier de la DGSI. Le tueur était bulgare, membre des Loups gris, un groupuscule d'extrême droite. Les déclarations contradictoires et assez délirantes d'Ali Ağca autorisèrent journalistes, romanciers et services secrets à développer plusieurs théories. Le geste religieux d'un musulman contre le chef de l'Eglise romaine ne fut jamais la thèse dominante. Le KGB et la CIA, dans un manichéisme complotiste, furent tous deux accusés. Le KGB aurait manipulé Ali Ağca pour se débarrasser d'un Pape polonais, anticommuniste et soutien de Solidarnosc. La CIA aurait actionné Gladio, le groupe d'activistes atlantistes pour provoquer par l'assassinat du Pape une crise politique en Italie, crise propice pour se débarrasser d'un gouvernement de gauche. Malik consulta l'archive du service pour connaître l'analyse faite à l'époque par le SDECE (Service de documentation extérieure et de contre-espionnage remplacé en 1982 par la DGSE). La piste de la CIA était privilégiée malgré les dénis des ricains mais cette opinion était restée secret d'état.

Deux agressions plus récentes avait visé le pape Benoit XVI. Le 6 juin 2007, un jeune Allemand de 27 ans, décrit comme «déséquilibré», avait tenté de sauter dans sa voiture découverte, place Saint-Pierre. Lors de la messe de minuit 2016, lors du passage du Saint-Père, remontant la nef vers l'autel pour célébrer la messe, une femme avait sauté par dessus la barrière et s'était précipitée vers Benoit XVI avec un ciseau. La forcenée avait été maîtrisée rapidement par un garde du corps. Le Pape bousculé était tombé mais, non blessé, avait pu célébrer la messe.

Malik lança une requête sur la base Daech de la DGSI avec le mot clé 'Pape François'. La logorrhée de l'Etat islamique était abondante contre les catholiques, chrétiens, les 'roumis'. La croisade vaincue par le djihad était une thématique prégnante mais François, intuitu personae, était peu fréquemment désigné. Son soutien aux Chrétiens d'Orient lui valait bien évidemment quelques anathèmes salafistes mais pas d'appel à l'assassinat. Bizarrement, le Pape, comme Israël d'ailleurs, ne concentrait pas les foudres djihadistes de Daech qui privilégiait la fitna et le takfirisme, excommuniant les chiites pour justifier leur massacre. Daech conduisait en priorité le djihad au sein de l'oumma alors que Al Qaeda avait prôné le combat contre l'Occident.

L'analyse du trafic téléphonique et internet ainsi que des réseaux sociaux par les services de sécurité français ne remontait pas d'alertes significatives. Ce laconisme, loin de rassurer Malik, l'inquiéta. Si un attentat contre le Pape était en préparation par une cellule dormante, la règle était justement le silence radio. Tel un sous-marin nucléaire à l'arrêt dans les abysses, moteurs arrêtés, la cellule, si cellule activée il y avait, attendait le dernier moment pour frapper. Mais cette intuition ne constituait pas un indice et Malik ne put que synthétiser le niveau faible d'alerte objective d'un attentat contre le Saint-Père au regard des sources DGSI. La note enrichie fut validée par le Directeur et transmise à la DGPN.

Quelques jours plus tard seulement, Malik regretta de ne pas avoir écouté son intuition.

Alerte
24 décembre

Les relevés d'écoute du portable de l'abbéTradoct ne livrèrent que la confirmation de l'action projetée le 25 décembre. Ses échanges avec le colonel étaient concis, organisant des prises de rendez-vous pour 'régler les détails de l'action'. Difficile d'arrêter le trio sur la simple présomption d'une action qui pouvait être une simple manifestation.

Malik estima néanmoins le risque d'atteinte à la sécurité publique suffisamment avéré, en vertu de la loi d'urgence du 20 novembre 2015, prorogée de mois en mois, pour procéder à une interpellation des ceux qu'il appelait les 'trois pieds nickelés' par dérision. Mieux valait mettre au frais, à tort, les conspirateurs que de se reprocher ex post un manque de prudence. Le Pape était une cible trop emblématique pour les cinglés de tous bords; mieux valait être un peu parano.

Malik missionna la BRI pour interpeller les trois hommes dès potron-minet le 25 décembre au matin.

8:30 La BRI cueillit en douceur le colonel mais manqua Martin et Tradoct, le plus dangereux qui n'avait pas dormi chez lui.
8:40 Malik émit une alerte auprès de la Commissaire Hatta cf. 14 Juillet T 3 qui commandait le GSPR (Groupe de Sécurité de la protection du Président de la République) et à ce titre était en charge de la protection rapprochée du Pape pendant son séjour en France. Les physionomistes

de la police postés l'accès qui filtrait les fidèles et curieux qui venaient assister à l'office le public reçurent la photographie de Martin et de l'abbé Tradoct. Un portail de détection des métaux et un scanner à rayons X avait été installé à l'accueil; l'église avait été dûment inspectée la veille par des démineurs et des maîtres-chiens donc le risque était minimisé mais ne pouvait l'être complètement, savait Malik.

9:00 Madeleine envoya un sms à Malik pour lui dire qu'elle avait décidé d'emmener les enfants voir l'arrivée du Pape sur le parvis devant la cathédrale et si possible assister à l'office. Malik l'appela en urgence pour la dissuader mais elle mit son portable en silencieux et Madeleine n'accusa pas réception de son sms d'alerte.

11:30 La Commissaire Hata lui signala un groupe de scouts, probablement les intégristes de Durendal, qui s'étaient habilement dispersés au milieu des badauds attendant l'arrivée de la Papamobile. Le Pape François qui avait refusé d'entrer par une porte latérale entrerait à 12:00 précises par le portail avant de parcourir toute la nef à pied, le moment de tous les dangers, selon les services de sécurité. N'importe quel dingue, pouvait surgir du millier d'assistants et se précipiter vers le Pontifex maximus.

Malik avait tenté en vain de dissuader Madeleine d'aller assister à la messe. Elle se trouvait donc probablement dans la file qui piétinait en espérant pouvoir entrer dans la nef, Caroline dans les bras et Omar à la main.

Malik fit face à un dilemme : quitter les locaux de la DGSI et tenter de rallier à temps Notre Dame pour protéger sa famille, ce qui serait une forme de désertion de son poste, ou gérer l'urgence à distance. Il envoya par mail une photo de sa famille à la commissaire Hatta.

Femen vs Civitas : 0-0
24 décembre

La commissaire Sofiane Hatta, commandant le GSPR, reçut à 22:00, la veille de la messe d'action de grâce du Pape François à Notre-Dame, une alerte de la part de l'officier femme des Renseignements Territoriaux, infiltrée dans l'association Femen : les activistes féministes avaient, malgré l'interdiction de manifester prise par le Préfet de Paris, par arrêté fondé sur la loi d'urgence de novembre 2015, décidé d'organiser une démonstration sur le parvis de Notre-Dame à l'arrivée de la Papamobile Nues jusqu'à la taille sous des manteaux d'hiver, les suffragettes, dispersées au milieu de la foule, se dénuderaient au dernier moment, exhibant leurs dazibaos dermiques, notamment un provocateur : 'Non au Pape pédophile !' Le scandale démontré, selon elles, de la protection du Vatican au cardinal Barbarin, Primat des Gaules, soupçonné de non dénonciation de prêtres pédophiles, fondait leur féminine colère.

La présence annoncée de quelques centaines de militants traditionalistes de Civitas et de quelques groupuscules sédévacantistes, bannières au vent, a priori venus calmes et recueillis, garantissait une échauffourée entre les amazones arc en ciel et les nervis noirs ultra-catho. « Les poitrines secouées comme les cloches de Notre-Dame par les damoiselles vont provoquer la testostérone des fachos qui noient leurs frustrations sexuelles à coup d'eau bénite et de cantiques latins ! Ca va péter ! De l'amadou, tout ça ! » expliqua la commissaire lors de son briefing à son équipe la veille au soir du jour J aux inspecteurs qui, en civil, devaient quadriller la foule pour détecter d'éventuels terroristes. Sofiane Hatta avait un langage fleuri et gouleyant comme un Côte du Rhône, truculent à la Audiard, « On a suffisamment à faire avec Daech, sans de faire emm... par ces bagarres de cour d'école. Elles se prennent pour Blandine ces femelles ou quoi ? Je vais demander un renfort de CRS équipés en gladiateurs pour séparer les deux camps. On filtrera à trois cent mètres du parvis, lors des contrôles de sacs, de faciès et de papiers du public. On cantonnera les fachos et les arcs-en-ciel dans la rue du Cloître Notre-Dame hors du champ des caméras en laissant passer le public. Cela va être coton. Ma consigne est d'interdire les gonfanons et autres étendards qui peuvent se transformer en armes et de confisquer les cornes de brume et autres godemichés des Erinyes ! On embarquera les plus agités, avec ou sans e, dans des cars par la rue Chanoinesse. Mettez-moi une dizaine de paniers à salade en réserve dans la rue. »

Un agent de la Paix, largué par le langage fleuri de la commissaire, leva la main.
- Chef, c'est quoi une Erinye et pourquoi arc-en-ciel pour les gouines ?
- Les Erinyes, parfois aussi appelées Euménides ou Furies sont dans la mythologie grecque des déesses vengeresses. Arc-en-ciel pour GLBT, répondit avec une pédanterie affectée la commissaire. On ne dit pas gouines mais

orientation sexuelle gazon. ; saphique à la rigueur mais c'est pédant.

- GLBT ??
- Bon je vois, déclara, sous les rires gras de l'escadron, la commissaire, nous avons affaire à une espèce en voie de disparition, un hétéro pur et dur ! GLBT pour Gay-Lesbien-Bisexuel-Transgerence. Belzebuth quoi !

La commissaire activa à 7:30 mit son PC de commandement installé devant l'Hôtel-Dieu au nord du parvis. « Et maintenant, que les jeux du cirque commencent ! Au moins on, a l'infirmerie à proximité et le Préfet de Police pour surveiller ses ouailles » lança-t-elle à ses adjoints habitués aux hyperboles de l'officier qui avait choisi la police plutôt que l'éducation nationale après une maîtrise de lettres classiques. « Les moutards, c'est trop épuisant à policer » était sa formule habituelle pour expliquer sa 'vocation'.

Dès 8:00, une foule hétérogène de paroissiens, de touristes étrangers, en majorité des asiatiques attirés par le culte exotique, de provinciaux tranquilles, mais aussi quelques types 'bien dégagés autour des oreilles' et des jeunes filles trop jolies pour être des communiantes, se forma derrière les barrières métalliques, rue du Cloître Notre-Dame. Un portail de détection des métaux et une chicane avait été installée pour filtrer l'accès à nef par la porte nord. La rue de la Cité que devait emprunter le cortège du Pape était, elle, fermée à la circulation du pont Notre-Dame jusqu'à la place Saint-Michel; de même le pont au double était interdit par deux gendarmes (im)mobiles. Des cars de CRS cantonnaient Quai du Marché neuf, à hauteur de la Préfecture de Police. Toute la maison poulaga allait pouvoir assister, des fenêtres du Quai des orfèvres, aux échauffourées car la commissaire Hatta ne se faisait guère d'illusion sur la possibilité d'empêcher quelques débordements et provocations.

Le lieutenant Demeulenaere des RT, spécialiste de la mouvance catholique traditionaliste, les 'Trad', selon son expression, signala à 8:30 l'arrivée de

Alain Cadesa, le leader de Civitas avec deux gardes du corps testotéronés, un séminariste sous-alimenté et un curé en soutane à l'ancienne, ceinture au vent qu'il identifia comme l'abbé** de la FSSPX.

A 9:00 Caroline Fourest, la gay chroniqueuse et l'égérie des féministes de tout poil, accompagnée d'Anna Hutsol, la cheftaine des Femen fit son apparition, sans se dissimuler; deux reporters photo, invités par les militantes féministes, l'accompagnaient pour 'faire de l'image'.

La présence de paparazzi dans la foule parquée rue du Cloître contraria la commissaire. Il était toujours plus compliqué de lancer l'assaut policier en direct sur les réseaux sociaux. La presse accréditée était, elle, postée, sous la protection de la police, à hauteur de la crypte avec vue à 360° du parvis, pour filmer l'arrivée du Pape, descendant du Boul'Mich' pour prendre la rue de la Cité à contresens, descendre de voiture à la sortie du Petit Pont, y être accueilli par Bernard Cazeneuve, ministre des cultes, et

Jean-Marc Ayrault, ministre des affaires étrangères, puis accompagné, traverser à pied le parvis, jusqu'au portail de Notre-Dame où l'attendait le cardinal André Vingt-Trois qui baiserait l'anneau pontifical puis lui remettrait symboliquement les clés de la cathédrale, laissant le Pape entrer le premier dans la nef après une dernière bénédiction à la foule massée au sud du parvis. Des tireurs d'élite postés sur les toits de l'Hôtel-Dieu, surveillaient à la jumelle les fenêtres des immeubles du Quai Montebello, dûment inspectés et sécurisés le matin même. Seul un tir plongeant d'un toit pouvait en effet toucher le Pape qui marcherait avec le officiels français, encadrés par une haie de garde du corps qui tels les Grognards de Napoléon avaient été sélectionnés sur leur mètre quatre-vingt dix. Des snippers, postés sur la coursive au dessus du porche et sur les deux tours de la cathédrale, figuraient de nouvelles chimères, tenant sous leur feu le parvis.

Les paparazzis au sein des badauds allaient compliquer le tri sélectif du bon grain et de l'ivraie dans le public qui attendait sagement d'accéder à la nef par l'entrée nord sur la rue du Cloître, s'agaça la commissaire. Les interpellations des factieux seraient relayées en direct sur les chaînes de nouvelles en continu gâchant la fête pacifique, troublant le recueillement des fidèles. La venue du Pape était couverte en direct par BFM TV, Euronews et Kto la chaîne catholique relayée par TV Vatican; des chaînes étrangères avaient détaché des équipes également.

Alain Cadesa fut rapidement rejoint par un quarteron de moinillons en tenue de bure, la ceinture à nœuds à la taille, pieds nus dans des sandales malgré le froid, et deux moniales en sarraus, des dames BCBG et quelques adolescents 'sang bleu', les jeunes filles blondes en bandeau sage et jupes plissés, quelques scouts. Le commissaire Aubière des RT expliquait à sa collègue Hatta , au fur et à mesure de leur arrivée, les appartenances des uns et des autres: des moines portaient l'habit de l'ordre des Trappistes, les moniales celui d'OCSO; les scouts étaient à en juger par leurs insignes, des membre du groupe de la Rochejaquelein, 'des scouts fachos' résuma-t-il, un groupe affilié à la FSSPX (La Fraternité sacerdotale Saint-Pie-X), les curés rejetant les innovations de Vatican II conservant le rituel tridentiste, la messe en latin, notamment.

L'apparition des Femen fit frémir le groupe des bigots. Femen et cathos se mesurèrent du regard comme chiens et chats. On s'attendait presque à voir le moine, au visage allongé d'un saint d'El Greco, aller asperger de son goupillon le groupe antéchrist. Les Femen, attendaient du renfort et l'arrivée du Pape; elles ne répondirent pas aux provocations des regards haineux des militants de Civitas, s'en tenant à leur plan : aller au contact à l'arrivée du Saint-Père.

A 9:45, trois quarts d'heure avant l'arrivée prévue de François, Jean-Marie Le Pen fit son apparition accompagné, toutes médailles au vent, du général Malpique, l'ancien commandant de la Légion, celui-là même qui avait été inculpé suite à son action d'éclat en janvier devant la jungle de Calais avec les ultranationalistes de Pegida.

A 12:15 les fanions frappés de fleurs de lys et de cœur sanglant christique furent tirés des havresacs. Les premiers lazzis des tondus vers les filles de Lesbos se firent entendre. Les composés de l'explosion étaient réunis. L'amadou allait prendre feu d'un moment à l'autre. Jean-Marie Le Pen, soucieux de prendre la lumière des caméras et de faire le JT, compliquant le plan média de Marine, était venu mentonner et poitriner comme Mussolini. Les CRS, même non militaires, auraient quelques scrupules à embarquer dans le panier à salade les papis, estima la commissaire. Le Président de Civitas espérait la protection de Dieu et des média pour pouvoir dégoiser lors de l'arrivée du Pape dans ce capharnaüm.

Les policiers, infiltrés dans la foule de plusieurs centaines de personnes, estimèrent à une trentaine le nombre de probables Femen à en juger par leurs manteaux mange-poussière tenus à deux mains par des filles trop jolies pour être des paroissiennes.

Civitas et Femen, se laissaient dépasser par le public anonyme ne cherchant pas à entrer dans la nef dont ils savaient que l'accès leur en serait refusé; ils voulaient faire leur image à l'extérieur. Chacun se préparait au martyre, les unes pour la liberté de jouir, les autres pour celle de ne pas jouir.

La commissaire Hatta décida de faire le ménage avant l'arrivée du Pape car les journaux en direct avaient programmé leur fenêtre de direct à 11:30, heure d'arrivée du Pontife. Elle donna l'ordre aux policiers qui filtraient l'accès à la nef de cesser de faire rentrer le public et d'annoncer que l'église était complète en demandant aux gens de bien vouloir repartir, dans le calme, pour des raisons de sécurité jusqu'au Square Jean XXIII, derrière le chœur de l'église où un écran géant leur permettrait de suivre en direct l'arrivée du Pape François.

A l'annonce de la dispersion demandée, Alain Cadesa, se dressant sur les ergots, se saisit d'un microphone sorti d'un sac à dos par un militant chargé de la sono et apostropha les Femen :
« Le temps est venu d'une sainte colère contre cette clique politique qui sème la subversion dans nos familles. Luttons contre la perversion ! Chassons Sodome et Gomorrhe de la Citée de Dieu. Non aux infanticides ! Non aux fossoyeurs de la famille chrétienne ! Un père, une mère. Non au mariage homosexuel ! Protégeons les enfants ! Grâce au rosaire, chassons le Diable de France ! On protège Mahomet, on mémorialise la Shoah mais on laisse humilier le Christ, on banalise la Christianophobie. Les Chrétiens sont traités comme des citoyens de seconde zone dans leur propre pays ! Nous sommes les indignés catholiques. Notre colère est une colère divine. »

Un officier de police, en civil, mit alors son brassard Police et s'avança vers l'orateur, méprisant les gros bras qui s'écartèrent comme la Mer rouge devant Moïse. Un photographe de Civitas s'apprêtait à immortaliser la rencontre du sabre et du goupillon quand les Femen jugèrent le moment opportun de mettre la police en bascule. Une dizaine de jeunes, et moins jeune poitrinaires retirèrent leur manteau, découvrant leur corps nu jusqu'à la taille et leurs mamelles peintes au rouge à lèvre de slogans. Telles des cheyennes sur le chemin de la guerre, les gourgandines s'élancèrent avec des cris de guerre : « Sus aux homophobes ! », « cathos, fachos ! » et autres amabilités. Femmes sandwichs faisant la réclame, dazibaos naturistes, elles arboraient des slogans : 'fuck les cathos', 'le sexe est divin', 'aimez vous les unes les autres', sur leurs poitrails, bras et dos dénudés. « On imagine les mignardises qui ont du accompagner les marques de guerre de ces amazones gay.» commenta gaillardement la commissaire.

Les journalistes du camp GLBT filmèrent et mitraillèrent de photos l'assaut féminin. Les bas du plafond du service d'ordre de Civitas réagirent avec la grâce d'un taureau Bravo à la muleta. La testostérone parla. On vit quelques bigotes, effarées, sortir de leurs sacs à mains siglés des crucifix de poche qu'elles brandirent en direction des Barbare, criant des 'Antéchrist' en forme d'exorcisme; d'autres pénitents, saisissant leur rosaire, enchaînaient, à la vitesse d'une réclame télévisuelle pour une marque de laxatif, des 'Jésus-Marie' en latin. Les CRS alertés se lancèrent dans la mêlée avec la grâce d'avants de rugby, rendant le combat encore plus confus et indécis. Les Femen moulinaient des bras pour éviter les coups de poing et de pataugas des nervis de Civitas, Alain Cadesa rentrait ses maigres épaules, sous la colère mécréante, se protégeant des horions derrière une armoire à glace en bomber noir brillant, mais le gros bras, volant sous la charge d'un CRS en armure de kevlar, soit cent-vingt kilos qui multipliés par la vitesse de sa course pesaient environ deux cents kilos 'tout mouillé' crut son martyre arrivé. La perspective d'une éventuelle béatification ne sembla pas compenser le poids du garde du corps qui opprimait sa frêle poitrine. Une Femen, lancée dans une chevauchée audacieuse à la Murat, réussit triomphalement telle 'La liberté guidant le peuple' à monter sur la barricade formée des deux hommes, montrant sa petite culotte noire car ladite cavale ne portait qu'un panty fort moulant, une tenue, signalons-le, guère raisonnable au regard des 5° de température ambiante mais, une des rares ukrainiennes du Lesbos parisien, elle affrontait les frimas, le bout dressé de ses seins recevant, sans frémir, quelques flocons de la neige qui s'était mise à tomber sur la scène de bataille qui ressemblait au tableau pompier de Gros montrant la bataille d'Eylau. La 'folle' dressée sur le tas humain prit la pose pour un superbe cliché qui n'était, selon les commentaires des internautes qui le découvrirent immédiatement sur Instagram, pas sans rappeler celui du soldat républicain de Cappa fauché par le feu franquiste, ou, plus encore, celui de la bannière étoilée au vent de la prise d'Iwo Jima. La République égarant le peuple fut enlevée à bras le corps par le CRS susdit qui souleva les quarante kilos de la donzelle par un épaulé jeté de fort impressionnante aisance. Les mains gantés de kevlar du gladiateur ne purent malheureusement apprécier à leur juste valeur la ferme rotondité des deux pommes de la Femen qui passa de mains en mains, si l'on peut dire, jusqu'au calme du panier à salade.

Au plus fort de l'échauffourée, la Papamobile fit son entrée sur l'esplanade. Les caméras de télévision du monde entier, alertées par les hurlements provenant de la rue du Cloître, zoomant sur les barrières bousculées par les émeutiers, oublièrent de filmer l'arrivée du Saint-Père; l'opérateur de la chaine Kto, rappelé à l'ordre par ses oreillettes fit un travelling à la Lelouch pour filmer l'église de Rome en marche; Fox News privilégia l'émeute. On voyait des dames le rosaire à la main fuir vers le parvis Jean-Paul II ; on aperçut des seins, on entendit voler des matraques ; on découvrit la déroute de badauds agnostiques mais néanmoins pris à partie par les trois camps : catholique (Civitas), satanique (Femen) et laïque

(CRS). Les japonais filmaient avec leurs smart phones la pagaille française. Un escadron de gendarmes mobiles, accouru en renfort de la rue d'Arcole, repoussa tout ce petit monde dans la rue du Cloître, hors de portée des caméras. Le ministre Cazeneuve demanda au Pape d'attendre dans sa Papamobile, le temps que le grain soit passé, mais François, n'en faisant qu'à sa tête, et décidément décidé à enquiquiner la 'fille aînée de l'Eglise', descendit de son aquarium et s'avança à grands pas vers le portail de Notre-Dame, suivi du ministre de l'intérieur qui trottinait derrière lui en ordonnant à voix basse à son garde du corps de mettre fin à ce bordel.

La neige, tombant d'un coup en bourrasque, fit un tapis immaculé au Saint-Père qui marchait imperturbable vers la cathédrale, souriant, adressant un signe de la main fraternel à la délégation de religieux, diacres et VIP qui bénéficiant d'un laissez-passer avaient le privilège de l'accueillir sur le parvis. On entendait babiller les commentateurs des radios et télévision qui commentaient, stupéfaits, l'audace du Pape qui ne se détournait pas, malgré la clameur et le désordre à la porte nord de la cathédrale. « Ce Pape marche sur les eaux ! » s'enthousiasma avec emphase et presque impiété, - car les miracles sont réservés au Christ et à quelques saints -, la pieuse commentatrice de la chaine Kto. « French mess » tançait le reporter de Fox News.

Un 'vrai miracle', un oxymoron aurait repris l'érudite fliquette, allait se produire.

L'abbé Tradoct
24 décembre

L'abbé Philippe Tradoct avait revêtu sa soutane et mis un col romain. Malgré le froid, le prêtre était venu en métro, dés huit heures, en taille, sans manteau. Son habit ecclésiastique ne fit même pas détourner le regard des rares parisiens présents en ce jour de fête dans la rame automatique.

Certains avaient entendu parler à la radio de la venue du Pape à Paris et ne s'étonnaient pas du vol d'hommes en noir sur la ville mécréante, et puis on voit tant d'originaux dans le train souterrain.

La question de la bombe fictive qu'il voulait faire exploser au passage du Saint-Père dans la nef afin d'offrir son corps en bouclier céleste et, tel Saint Michel, sauver le détenteur des clés de Saint Pierre, taraudait le prêtre, démis par l'évêque. Au souvenir du déshonneur de cette exclusion du sein du corps des prêtres séculiers autorisés à célébrer, lui qui était dorénavant 'suspens a divinis', proscrit, un frémissement agita sa carcasse vigoureuse. L'envie de vengeance domina son aspiration au pardon. Nouveau Dreyfus, il lui fallait laver son honneur pour retrouver le bonheur de pouvoir à nouveau guider l'âme des jeunes garçons. Le souvenir du mois passé en détention provisoire après son inculpation par le juge d'instruction, la haine de ses codétenus lui tordait les tripes. Ces pensées douloureuses lui firent presque manquer l'arrêt Cité du métropolitain. La station serait fermée à partir de 9:00 avait-il lu sur le site dédié à la visite papale. Non, il fallait que le Jubilé de la Rédemption soit le sien et que cette journée vit sa résurrection.

L'abbé Tracto, comme l'appelaient si gentiment ses petits scouts, pensa-t-il avec tendresse, se mêla à quelques dizaines d'anonymes qui vidèrent les rames pour se diriger d'un pas gaillard vers la sortie. Majoritairement des 'personnes d'un certain âge', des vieux en bon français, marchaient avec cet ardeur nouvelle, cet élan qui fait oublier les rhumatismes aux pèlerins de Lourdes. Un groupe de scouts d'Europe, garçons et filles rieurs, déboula de la dernière rame dans une joyeuse confusion. Ce Pape était aimé des jeunes car, pour utiliser leurs mots modernes, 'il ne se la jouait pas'. Son humilité et sa tolérance parlait au cœur de ces adolescents qui doutaient de leur corps en devenir, mais ne doutaient pas de leur foi.
Après des jours et des jours de recherche de la meilleure solution pour fabriquer une vrai/fausse bombe, l'apprenti terroriste

avait cru devoir renoncer à son entreprise. Très fier de son stratagème, il avait enfin imaginé une machine infernale comme celle utilisée sur l'ordre de Cadoudal pour tenter d'assassiner Bonaparte rue Sainte-Nicaise. Il avait dissimulé dans son bréviaire, un gros in folio dont il avait découpé les feuilles pour former une cache, une dizaine de gros pétards qu'il avait acheté dans un magasin de farces et attrapes. Il s'avancerait, le bréviaire entre ses mains jointes. La police, croyait-il, ne s'autoriserait pas à violer le livre religieux; il pourrait ainsi franchir les passages. A son entrée dans l'église, il irait acheter in cierge commémoriel qu'il allumerait. Il lui suffirait, quelques instants avant le passage du Saint-Père d'allumer la mèche avec la flamme de son cierge, de faire glisser d'un coup de pied le bréviaire explosif sous les pas de François et de se précipiter pour couvrir de son corps l'engin qui exploserait le blessant. Le Pape ne pourrait que demander à recevoir ce prêtre qui lui aurait sauvé la vie.

Ce plan enfantin ravissait Philippe Tradoct. Il vivait et revivait à l'avance le déroulement du simulacre d'attentat. L'entrée sous le chant puissant des grandes orgues de la cathédrale, la lumière des milliers de cierge, l'odeur de l'encens montant des brûloirs, les cloches sonnant à tout rompre, faisant frémir les pierres millénaires, et lui, Philippe Tradoct offrant son corps pour protéger celui du descendant de Saint-Pierre. Bien sur, son geste perturberait la célébration mais il suffisait que le Pape 'dise un seul mot pour qu'il soit guéri', lui, Philippe Tradoct et réintégré dans le sein de l'Eglise. Sauver une âme valait bien une messe, argumentait le défroqué qui n'était pas même conscient de l'impiété de ses paraphrases.

Porter la soutane était déjà un blasphème, une désobéissance à l'autorité de la Sainte Eglise apostolique et romaine, il en était conscient mais on ne lui demanderait pas ses papiers de curé et son habit, espérait-il, le protégerait de la curiosité des soldats de César. Exalté et plein d'espoir, l'ancien séminariste avançait sur un nuage, drogué d'adrénaline mystique, comme un soldat shooté aux amphétamines.

La multiplication d'attentats commis au nom d'un Etat islamique en déroute militaire par des aspirants au djihad avait conduit le ministère de l'intérieur à un dispositif de sécurité maximal autour de la visite pastorale. Les mesures de surveillance et de contrôle avaient été gardées secrètes pour déjouer des actes criminels; le faux abbé fut désagréablement surpris de voir la foule devoir entrer sous une tente militaire installée à hauteur de la porte nord, derrière les barrières qui fermaient l'accès à l'esplanade. Un cordon de CRS, en tenue de footballeurs américains, fermait l'accès au parvis. Casque, épaulettes et plastron en kevlar sculpté les faisait ressembler à des Transformer, des créatures de Marvell. Entrant sous la tente, il découvrir avec inquiétude un portail de détection des métaux et deux cabines d'essayages, desservies par un homme et une femme pour permettre des fouilles au corps sur des suspects. Sacs et manteaux devaient être déposés sur le tapis d'un tunnel de radiographie. Les gens se prêtaient sans hésitation à cette routine.

Philippe Tradoct ne pouvait plus reculer. Il s'avança vers son Golgotha. Tentant une manœuvre de diversion, il tenta de passer le portique son bréviaire à la main.

- Votre livre sur le tapis s'il-vous-plait, ordonna l'agent de sécurité.
- Mais c'est un bréviaire, objecta piteusement Tradoct.
- Bréviaire ou pas, c'est les consignes.

Tradoct déposa son lourd in folio au milieu des appareils photos et des téléphones portables, passa sans encombre le portique et se prépara à une sirène quand la machine aurait détecté la poudre cachée dans le bréviaire.

Rien, il ne se passa rien ! La machine était réglée pour analyser des plastiques, des métaux et des composés chimiques pouvant constituer des explosifs, notamment du TAPP, l'explosif de référence des islamistes, mais pas de la poudre à canon. Les feux de Bengale n'avaient pas été détectés. Tradoct reprit son gros livre sur le tapis roulant en murmurant « Merci mon Dieu ! » et rejoignit la file qui subissait le dernier contrôle, celui des pièces d'identité et des passeports. Un agent de police se tenait à une table derrière un ordinateur et un appareil qui scannait la ligne optique des documents. Sa carte d'identité nationale lui fut rendue, après contrôle, sans un mot. Le conspirateur réalisa que, s'il figurait sur un fichier de police, c'était sur celui des délinquants sexuels non des radicalisés et terroristes en puissance. Dieu voulait qu'il accomplisse sa mission puisqu'il lui faisait passer un à un, sans ambages, les barrages policiers ! La porte d'accès à la nef n'était plus qu'à trente mètres. Libéré de ses angoisses, Tradoct allongea le pas quand il entendit la voix d'un jeune homme derrière lui qui présentait ses papiers d'identité dire mezzo voce à son compagnon : « Dis donc, c'est pas l'abbé Tradoct, le curé là-bas en soutane. Je croyais qu'on l'avait chassé et démis de la prêtrise après sa condamnation ».

La photographie de l'abbé Tradoct, condamné par la justice religieuse et séculière avait en effet circulé sur les blogs, tant chrétiens que anticléricaux. Sans s'en douter, Tradoct avait eu son heure de gloire ou plutôt d'opprobre sur le net mais il n'en savait rien. Son visage était connu. Le policier préposé au contrôle d'identité leva les yeux, aperçut la nuque baissée du curé en soutane qui allait entrer dans la nef. Il ordonna : « Et vous là bas, monsieur, vous voulez bien attendre un instant ! ».

Tradoct, victime consentante, de retourna.
- Moi ?
- Oui, vous ! Merci de revenir me représenter vos papiers.

Tradoct marcha à pas lents vers le préposé tandis que les deux jeunes regardaient leurs pieds, mal à l'aise dans leur dénonciation, et impressionnés malgré eux par la soutane.

Le policier appela son chef qui prit la carte d'identité et s'éloigna pour en appeler sur son talkie walkie le PC de sécurité. La fiche de Tradoct fut identifiée sur le fichier des délinquants sexuels en quelques minutes. La commissaire Hatta par prudence, ordonna que le curé travesti soit interpellé et gardé au frais au commissariat du 4e arrondissement jusqu'à la fin de la cérémonie religieuse. Le Code de procédure pénale autorisait la retenue de quatre heures hors même la présence d'un avocat. « Il ne manquait plus que des Savonarole ! » commenta la cultureuse policière à ses adjoints qui commençaient à être fatigués de ces pages culturelles gratuites dispensées à foison qui les déconcentraient et les faisait passer pour des ignares.

Tradoct, mis au secret dans la cellule de dégrisement du commissariat, récita des 'Je vous salue Marie, pleine de grâce...' pendant toute la messe d'actions de grâce, jusqu'au soir où il fut présenté à un juge d'instruction et inculpé pour tentative d'attentat.

Odile

Odile avait anticipé les mesures de sécurité extrêmes qui entoureraient la messe papale. Comment approcher du cortège ? Non dans l'espoir d'assassiner le Saint-Père car elle ne serait suffisamment proche du parvis mais pour que son martyre soit filmé en direct. Aucune chance de passer les contrôles avec sa ceinture explosive. Se faire sauter à distance de la manifestation religieuse ferait la une des journaux mais n'atteindrait pas l'efficacité médiatique d'un attentat relayé aux millions de fidèles assistant devant leur écran à l'arrivée de la Papamobile devant l'un des édifices les plus connus au monde.

Avant de se convertir à l'Islam et de se rallier à Daech, Odile avait eu une jeunesse sage. Sa mère, ancienne Jeannette, l'avait inscrite à dix ans aux Scouts de France. Elle avait cessé seulement à quinze ans les sorties dominicales dans la forêt de

Fontainebleau. Ayant perdu la foi, elle avait coupé les ponts avec ce qu'elle appelait des 'bondieuseries', fumé son premier joint et s'était débarrassé de sa virginité encombrante sur le lit et avec le frère d'une copine. Jusqu'à son addiction aux vidéos d'Al Furqan et sa radicalisation, elle s'était ennuyée d'une existence sans idéal. Très bonne élève, sans effort, littéraire, un peu rêveuse, elle ne revivait, lui semblait-elle, à nouveau, que depuis qu'elle croyait protéger les enfants syriens des barils de TNT et du gaz moutarde du tyran Bachar al Assad.

De sa période scout, elle avait gardé une connaissance : Mathilde de Saint-Leger, une 'fin de race' qui lui semblait aujourd'hui caricaturale, yeux bleu pastel trop délayé, peau laiteuse, cheveux botticelliens enfermés dans un bandeau bleu roi. Mathilde avait été son amie de cœur, un plus même, car une nuit de juin, sous la tente dressée dans une clairière de la forêt de Saint-Germain, leurs mains s'étaient cherché, leurs bouches embrassées. Des caresses maladroites avaient troublé leurs sexes encore imberbes. Odile avait fui le scoutisme aussi pour le saphisme qui était monnaie courante et qui, après cette nuit trouble, la dégoûtait. Mathilde répudiée avait souffert en silence. Et puis, elles s'étaient perdues de vue. Odile n'eut pas de difficulté à trouver la page Facebook de Mathilde. La jeune fille y racontait son dernier chemin de Compostelle, postait des photos d'elle au rassemblement de la JAC. Son profil la représentait en tenue de Scout d'Europe. Odile apprit des chevrons portés fièrement qu'Odile était Chef pionnier, le rang le plus élevé dans le scoutisme. Une news retint l'attention d'Odile. Mathilde annonçait sa joie d'avoir reçu un carton pour faire partie des croyants admis à assister dans le carré VIP, prés de la porte sud, à l'arrivée du Saint-Père. Elle serait la seule représentante de son groupe scout. Odile décida de voler l'invitation de Mathilde et de prétendre être elle. Elles avaient à peu près la même taille. Une perruque blonde et des lentilles bleues pourraient leurrer le contrôle d'identité. L'espoir était que les invités VIP ne seraient pas soumis à un testeur de métaux mais à un simple contrôle de l'invitation et de l'identité de son porteur. Au pire, si la supercherie était découverte, elle se ferait sauter lors du contrôle qui se tiendrait de toute façon à proximité de la cathédrale.

Le temps hivernal justifierait le port d'un anorak par dessus l'uniforme scout. Mettre la bombe dans un sac à dos l'exposait à une fouille manuelle. Odile décousit une doudoune dont elle remplaça le molleton par du TATP. La fermeture éclair servirait de détonateur. Il lui suffisait de faire mine de l'enlever pour arborer son uniforme scout à l'arrivée papale pour déclencher la bombe.

Odile envoya un message à Mathilde sur son compte Facebook. Sa propre page avait été purgée de tout contenu islamique quelques mois auparavant à l'exigence de l'émir de Daech et remplacé par des post sur ses auteurs préférés. La page d'Odile était devenue celle d'une inoffensive étudiante en lettres classiques. Xénophon y côtoyait Villon. Ennuyeux mais rassurant si Mathilde consultait son mur avant de lui répondre.

Mathilde répondit au courriel par un message chaleureux. Oublieuse de l'abandon de son aimée, elle était "ravie de la revoir pour qu'elles puissent papoter comme deux vieilles copines". Elle lui proposait de prendre le thé chez elle, habitant "une studette dans le quartier de la cathédrale Saint-Louis de Versailles.

« Le quartier des catholiques traditionnalistes » pensa Odile qui se souvint des processions pieuses des sang-bleu royalistes qui défilaient bannière fleurdelisée au vent lors de la Semaine sainte. Un repaire de frontistes et de xénophobes, tout ce qu'Odile abhorrait.

Odile mit un jean banal et un vieux pull, acheta trois macarons Ladurée et alla faire la dînette avec Mathilde. La jeune chrétienne occupa les trois heures passées à boire de l'eau chaude à raconter sa carrière scout, les mariages de sa parentèle, s'excusant de ne pas lire

Proust car trop 'barbant' et puis parce que 'c'était un sodomite paraît-il". Les cils palpitants, elle lui annonça fièrement ses fiançailles avec un Saint-Cyrien, fils de marquis, dont elle lui montra la photo satisfaite. "Nous sommes fiancés depuis trois mois, encore trois mois et puis on se mariera ; nous pourrons alors vivre ensemble ! Il vient dormir parfois chez moi mais il dort sur le sofa" précisa orgueilleusement la jeune vierge.

Odile profita de ce que Mathilde était partie remplir la théière pour la troisième fois pour faire un moulage de sa clé. Fort heureusement, Mathilde logeait dans un cagibi au 5e étage d'un immeuble d'époque Louis XIVème, propriété d'une vieille tante. La clé n'était pas une clé de sécurité. La reproduction serait aisée.

Pendant la dégustation des macarons, Mathilde annonça triomphalement sa présence à la tribune VIP pour la messe d'action de grâce de François comme elle l'appelait familièrement. Odile, manifestant son vif intérêt, Mathilde expliqua le détail du protocole, l'heure et le lieu de convocation. Elle lui montra même le carton en vélin gravé de la mitre de l'archevêché de Paris, puissance invitante, carton qu'elle avait mis en évidence dans sa vitrine à côté d'une photo d'elle au rassemblement des JMJ en juillet 2013 à Lourdes pour la visite pastorale de Jean-Paul II et lors de la messe de Benoit XVI sur l'esplanade des Invalides en septembre 2014. « Quand certaines adolescentes mettent les posters de chanteurs sur leurs murs, Mathilde collectionnait les photos de Papes comme autant de reliques » ironisa in petto Odile qui prit congé en lui promettant « de se revoir ».

Son plan était simple : elle ferait le gué la veille au soir devant l'immeuble pour s'assurer que le 'puceau' n'était pas dans les lieux bien qu'il soit peu probable que la chef scout se mette en péché même morganatiquement la veille de la messe où elle irait communier, donc la place serait libre. Mathilde prétendrait « passer dans le quartier à l'impromptu pour lui faire la bise ». Une fois dans la place, elle braquerait son arme sur la dévote, lui attacherait les mains et les pieds et la rendrait muette par un bout de Rubafix sur sa bouche. Elle fermerait à clé la porte et jetterait le trousseau dans le caniveau. Le fiancé ou la famille ferait forcer la porte enfin de matinée au plus tôt. Par précaution, Odile décida de prendre le téléphone portable de Mathilde en exigeant son mot de passe. Elle pourrait ainsi répondre par sms à d'éventuels appels de ses proches, prétextant le silence imposé par la cérémonie, afin de retarder l'heure de l'alerte de sa disparition.

Le plan se déroula comme prévu. Mathilde était seule. Un peu surprise, elle n'osa pas refuser sa porte, toujours confite de charité chrétienne, à son amie qui battait la semelle dans le froid de cette veille de Noël. Nouvelle oblat, elle se laissa attacher et révéla le mot de passe de son portable sans opposer de résistance n'imaginant pas un instant le plan diabolique d'Odile. Elle ne comprenait rien. Attachée sur son lit, elle croyait que la jeune fille voulait la voler pour d'obscurs besoins d'argent, la drogue peut-être, mais fut stupéfaite de la voir fourrer dans son sac à dos sa tenue scout, prendre sa carte d'identité et se saisir du carton d'invitation pour la cérémonie. Le dessein de la traîtresse lui apparut en un instant. Mathilde voulait tuer le Vicaire de Jésus-Christ ! Et c'est elle, Mathilde qui allait lui en donner les moyens. Quand elle entendit la porte claquer, la jeune femme se mit à réciter des Pater noster pour sauver de la criminelle le Très Saint-Père.

Odile rentra chez elle pour dormir. Les retrouvailles entre elle et Mathilde étaient récentes; même si elle en avait parlé à son fiancé, celui-ci ne l'avait jamais vue. Par prudence, Odile effaça toutes les photos postées sur son compte Facebook et demanda sa fermeture. Cela compliquerait et retarderait tout rapprochement éventuel par les services de police. « Seuls les paranoïaques survivent, aurait dit Andrew Grove l'ancien PDG d'Intel, les djihadistes aussi » pensa Odile qui prit un somnifère pour dormir quelques heures, mettant son réveil à six heures.

Un café fort réveilla Odile qui s'obligea à manger des céréales pour éviter tout risque d'hypoglycémie et de baisse de vigilance. Elle prit une boite de Benzédrine, des amphétamines achetées sur internet, qu'elle avalerait une demi-heure avant de passer à l'acte. Le Drenec lui avait laissé la boite avant de partir pour son attentat manqué contre François Hollande *cf. 14 Juillet.* C'était avec le Walter PPK, et surtout son dernier sourire, quand il lui avait ordonné de replonger dans la clandestinité, tout ce qui lui restait de son adoré. Elle le désignait ainsi même si rien n'avait été dit entre eux, aucun frôlement de doigts, aucun aveu, des regards seulement. L'amour d'Odile était pur de tout péché charnel, de toute luxure. S'interdisant de conserver les articles qui avaient paru en juillet lors de l'attentat manqué, Odile avait lu et relu, dans le calme de la bibliothèque universitaire de Panthéon Sorbonne les articles des tabloïds français narrant l'itinéraire du 'soldat perdu'. Elle s'était attendrie en découvrant des photos de Jean, adolescent, souriant, insouciant, fier comme Artaban, tenant la main d'un géant habillé en gendarme. Le père, droit et digne, s'accusait de la dérive de son fils. A la retraite, il aurait voulu démissionner, disait-il, pour s'excuser de l'errance terroriste de son fils. Que Jean n'ai tué personne le 14 Juillet était un miracle qui lui avait redonné la foi. Il irait voir son fils en prison. Jean-Paul II avait bien pardonné à Mehmet Ali Ağca. Mais Jean devait payer le prix fort de la trahison de son serment de soldat.

« Jean, je te vengerai ! » avait promis Odile, comme une prière, en s'endormant d'un coup sur la nuque porté par le somnifère. Odile rêva cette nuit là. Des images du film Jeanne d'Arc de Dreyer la réveillèrent. « Oui, je serai la Jeanne d'Arc du Califat » se promit la kamikaze.

Sentir ses jambes nues sous la jupe plissée bleu royal, sa poitrine contrainte par une brassière sage sous la chemise blanche frappée de l'insigne des Scouts d'Europe, causa un trouble érotique à Odile. La perruque blonde et les lentilles de contact bleu complétèrent l'illusion. Sans être une parfaite sosie de Mathilde, Odile lui ressemblait comme une sœur. Seule la doudoune explosive semblait incongrue. Un caban ou une pèlerine aurait été plus 'raccro' mais la saison expliquerait cette vêture.

De fait, Odile passa sans difficulté un premier contrôle de police à la sortie du métro Citée en exhibant son carton et la carte d'identité de Mathilde. Elle fut dirigée vers une tente militaire dressée à l'angle du transept sud dans le jardin entourant la cathédrale. Odile, craignant de découvrir sous la tente un portail à métaux voire une machine à rayons X, se mit à réciter la Chahada, le premier verset du Coran, la profession de foi musulmane : « Il n'est qu'un Dieu et Mahomet est son prophète », se préparant au martyre, mais, soulevant la porte de toile, elle fut accueillie par un prêtre amène qui, avec un bon sourire, l'invita à « prendre un café et une viennoiserie pour se réchauffer en attendant l'heure de prendre place sur le parvis ». Un groupe de prêtres, moines et moniales, pieux bourgeois et quelques scouts et représentants des JAC bavardaient tranquillement, touillette et gobelet en plastique à la main. Odile se servit un café pour se donner une contenance et se mit à l'écart du groupe en faisant mine de lire le portable de Mathilde. A son grand effroi, une jeune chef scout s'avança vers elle, la joie sur son visage de pouvoir parler boutique. L'autre portait une pèlerine bleu royal avec l'écusson de sa troupe. Heureusement, elle annonça l'affiliation elle-même comme une carte de visite, en s'avançant la main tendue.

-       Bonjour ! Marie, des Scouts Unis
-       Oh... Mathilde, des Scouts d'Europe
-       Cool. Je ne voyais pas ton badge sous ta doudoune. Tu devrais la retirer. Ils ont mis du chauffage sous la tente. Tu vas crever de chaleur. On en a pour une heure à poireauter avant l'arrivée de François.
-       Non, ça va; je suis un peu grippée.

- Bon, à ton aise, et c'est comment les Scouts d'Europe ? Toujours ultramontains? ironisa Marie

- Oui, pourquoi vous êtes schismatiques ?*

- Déjà des gros mots. Non, nous on a seulement décidé de garder le rite tridentin. On sent un peu le souffre pour les modernistes du Vatican mais depuis la main tendue de Benoit XVI à la FSSPX, on est à nouveau 'kasher' si je puis dire. André Vingt-Trois m'a invité par politique plus que par fraternité mais, qu'importe, cela me donne l'occasion de voir de mes yeux le Saint-Père. Un peu trop hype à mon goût car nous ne sommes pas des sédévacantistes, nous. D'ailleurs, tu auras beau chercher, tu n'en verras pas ici. Ils sont à l'index, en liste noire, non grata.

Odile laissait Marie déblatérer dans ce pidgin de termes ecclésiastiques pimenté de franglais et de trivialités. Marie affichait cette assurance un peu machiste, surjouée, des chefs scouts féminines, formées au commandement. Elle répondait par un demi-sourire indulgent qui ne la compromettait pas. Le temps passait en papotages. En fait, se dit Odile, l'assiduité conversationnelle de Marie, l'arrangeait car elle rendait anodine sa présence. Le duo des deux scouts était la meilleure couverture. Marie, faisant fond sur ses souvenirs, relança donc habilement le bavardage de l'autre en parlant chiffons, c'est-à-dire pour des scouts, grades, épreuves et jamborees. Excitée et enthousiaste, Marie, avec cette faiblesse des prolixes invétérés, s'écoutait parler et ne releva pas l'incongruité de certaines répliques d'Odile.

Le prêtre mondain, l'abbé Souris, un des vicaires d'André Vingt-Trois, avait appris Odile de la tchatche de Marie, annonça qu'il était temps de prendre place pour accueillir le Très Saint-Père. L'indiscrète Marie, retirant sa pèlerine pour afficher ses couleurs scout dans la délégation VIP, suggéra à Odile de laisser sa doudoune au vestiaire pour former un groupe « bleu horizon scout » (sic) qui serait remarqué à l'image télévisuelle. Odile refusant, Marie se vexa et préoccupée de prendre la lumière décida de se rapprocher d'un Franciscain que sa capuche rabattue sur un visage d'anachorète faisait ressembler au Saint-François de Zurbaran.

Odile prit place au second rang du groupe de deux cent personnes qui formeraient une haie d'honneur le long du trajet de cent mètres, depuis la crypte vers le porche, que devait parcourir le Pape avait expliqué le vicaire qui, tel un chauffeur de salle, avait suggéré que les fidèles entonnent des alléluias en canon plutôt de d'applaudir de manière profane au passage papal.

Odile, elle, ne lancerait pas un alléluia mais un Allahu Akbar, (Dieu est grand) en déclenchant sa bombe. Le groupe dévot attendait sagement, parlant en messe basse, les mains jointes sur des chapelets. Certains arboraient des scapulaires de dévotion. Odile tranchait avec sa doudoune sur les tenues des moines en tunique et scapulaires, pieds nus dans des sandales, moines en soutane moderne ou ante Vatican II, scouts en grande tenue. Il lui restait une demi-heure à vivre. Elle se sentait étrangement sereine. Elle allait se débarrasser de cette vie qui l'encombrait. Elle aurait aimé. Elle se serait sacrifiée à sa cause. Que pouvait-elle regretter ?

Malik
25 décembre

L'alerte remontée par la perquisition de l'appartement d'Odile par la BAC parvint à la DGSI à 9:00. La chaîne de commandement avait été raccourcie pour gérer les urgences en cette journée à haut risques et éviter toute perte de temps, pour ne pas dire cafouillage, entre les divers services en charge de la lutte contre le terrorisme. A la suite des attentats de novembre 2015 et de la confusion entre BAC, BRI, GIFN, Raid, services de police de proximité lors des premiers moments, Bernard Cazeneuve avait mis au carré les choses instituant un maillage du territoire pour installer des brigades d'intervention dédiées aux prises d'otage et attentats à une demi-heure de chaque très grande ville.

Malik afficha le planning détaillé de la visite du Pape sur son écran d'ordinateur. Le Pape François était en ce moment à l'église Sainte Julien le Pauvre où il avait rencontré l'archimandrite grec-catholique melkite et salué quelques centaines de fidèles là rassemblés. Le lieutenant incrusta le direct de la chaîne de télévision Kto qui couvrait la visite pastorale en continu depuis huit heures du matin, moment où François avait quitté le siège de l'archevêché, 10 rue du Cloître, pour engager son périple pieux à la rencontre des parisiens, des français et des milliers de chrétiens du monde entier qui étaient venus télévisuellement à la rencontre de ce Pape du XXIème siècle. Trois agents de la DSPP dans un véhicule banalisé assuraient la garde rapprochée du Saint-Père dont la Papamobile blindée était précédée et suivie d'un van banalisé du GIGN. Des caméras fixées sur chacune des trois voitures de police ainsi que des micro-caméras fixées sur les revers des vestons des gardes du corps transmettaient des images. Les gardes du corps étaient reliés par oreillette au PC de commandement dirigé par la commissaire Hatta qui suivait en direct les allées et venues du Vicaire du Christ. Un hélicoptère de la gendarmerie survolait le trajet pontifical. Malik afficha les images de la police sur le second écran de son PC. Il avait ainsi la vue d'ensemble de la foule et de la Papamobile relayée par Kto et les images de proximité de la protection rapprochée, plus la vue aérienne de l'hélicoptère en vol géostationnaire au dessus de la procession papale. Le Pape François bénéficiait d'une protection comparable à celle d'un Président américain ou israélien, les chefs d'Etat les plus menacés au monde.

Le pape François souriant, serrait des mains, embrassait des enfants, étreignait des malades, bousculant sa haie de gardes du corps, se fichant du protocole, porté par son amour fraternel, insoucieux de sa sécurité. La commissaire Hatta qui visionnait les images de son PC installé devant l'Hôtel-Dieu rouscailla : "Il veut aller au Paradis dès aujourd'hui ce pape ou quoi ? Même Chirac était plus facile à protéger. C'est un condensé de Jean-Paul II et de Justin Bieber cet argentin !". Son équipe habituée à ses réflexions à la Audiard, restaient concentrés, calmes dans la pagaille entretenue par Jorge Mario Bergoglio.

L'alerte provoquée par Odile Bondues avait fait passer le dispositif policier de 'Risque très élevé' à 'Risque maximal d'attentat'. La DGSI ne disposait d'aucune photographie récente de qualité de la suspecte. De la base des cartes d'identité et des passeports, Malik récupéra des clichés que le logiciel anthropomorphique rapprocha avec 95 % de probabilité de l'image un peu floutée filmée par la caméra de surveillance du métro. Malik adressa un avis de recherche 'Priorité absolue' à la commissaire Hatta avec ordre d'interpellation d' "Odile Bondues, extrêmement dangereuse, possible kamikaze islamiste, peut être porteuse d'une ceinture explosive". Le service des démineurs et artificiers se tint prêt dans un fourgon à rejoindre tout point de Paris où la terroriste aurait pu être aperçue. La commissaire Hatta chargea une équipe d'agents de la paix mise à disposition par la PP de visionner les bandes de surveillance prises depuis 8:00 aux points névralgiques : sortie des métros Citée, Chatelet et Saint-Michel, filtrage de la foule des fidèles demandant à assister à l'office rue du Cloître; elle affecta également trois agents à la surveillance en direct des caméras filmant en temps réel le parvis et la nef. Trois caméras cachées permettaient d'y voir la foule rassemblée. Suite aux échauffourées entre Femen et Civitas, l'accès de la cathédrale avait été interdit depuis une demi-heure. Les travées de l'immense nef étaient, de ce fait, à moitié vides, au grand désespoir des bedeaux, qui reçurent l'ordre de disposer les fidèles sur deux rangées le long de l'allée principale pour qu'à l'image on puisse avoir l'illusion, en plan serré, de la progression du Saint-Père dans une cathédrale comble. L'abbé Pierre Souris qui servait de cicerone au groupe VIP, avant de recevoir la grâce et entrer au séminaire, avait obtenu un diplôme de l'école de journaliste de Sciences Po. Il faisait parti de cette nouvelle génération de jeunes curés 2.0, à la fois très rigides sur la théologie et très hype, tendance geek, dans leur comportement social. Troisième vicaire du cardinal André Vingt-Trois, Pierre Souris faisait fonction à la fois de dircom et de webmestre du site internet de l'évêché. Les autres vicaires, moins branchés, se moquaient, derrière son dos, de son jargon franglais, se faisant un malin plaisir de lui parler en latin sachant qu'il le comprenait très mal. Le jeune curé les amusait à consulter en catimini sa montre connectée Apple pendant les réunions compassées de direction de l'archidiocèse de Paris du lundi présidées par Mgr Vingt-Trois.

L'agent Desgirondes, un calme auvergnat, visionnait le groupe de dévots patientant, imperturbables, sous l'averse de flocons qui blanchissait les robes du bure et les costumes cravates impeccables. Les pieux invités se congelaient dans le courant d'air qui balayait le parvis. Desgirondes demanda au commissaire Aubière, des RT, le spécialiste des cultes, de lui expliquer les affiliations de ces soldats de Dieu dont les insignes étaient aussi compliqués pour lui que l'est la compréhension des fourragères militaires pour un pékin. Aubière identifia sur l'écran de surveillance sans hésiter un moine Franciscain, un Trappiste, une sœur OCSO, un curé Vatican II, un curé en tenue DPPX, une Visitandine, une scout GC. Un inventaire à la Prévert pour l'agnostique Desgirondes qui pensait que Capucins et moines déchaussés n'existaient plus que dans la littérature du XVIIIème siècle. Sa culture religieuse, forgée par la série Borgia de Canal+ et non par la lecture de La Légende Dorée, lui rendait hermétique la compréhension des innombrables chapelles de l'immense Eglise bimillénaire.

L'attention des deux policiers fut attirée par une jeune fille qui, à la différence des autres invités d'honneur, gardait une épaisse doudoune. Un zoom sur elle permit d'apercevoir des jambes nues, une jupe plissée de scout, une chemise bleue horizon. L'insigne sur son béret désignait une scout d'Europe expliqua Aubière. La jeune fille était blonde, les cheveux longs, les yeux clairs. Odile était désignée dans sa fiche comme brune, taille moyenne, yeux marron. Seule la taille la rapprochait de la suspecte. "Elle doit être venue malgré son rhume" commenta Desgirondes. Aubière appela néanmoins Malik pour lui signaler la curieuse guide frileuse. Malik afficha l'image de la jeune scoute et consulta la liste des invités émargée par l'officier de police le matin même à 9:00. Une certaine Mathilde de Saint-Léger était la seule chef scout d'Europe de la liste. Il trouva en quelques clics la photo de Mathilde sur Facebook. La ressemblance était grande; un contrôle attentif de la pièce d'identité avait été fait de visu donc aucun indice sérieux ne justifiait de perturber le déroulé de la cérémonie en envoyant un officier contrôler à nouveau la scout 'malade'.

Par principe de sécurité, Malik lança néanmoins une analyse comparée de la photo numérisée d'Odile de celle 'live' de Mathilde. Le logiciel Morphos établit une trentaine de points discriminants forme du nez, espacement des yeux, hauteur du front, profil du menton…

Malik visionnait les images de la foule rassemblée dans la nef quand il sentit vibrer son téléphone personnel. Il l'avait mis en silencieux. Les officiers de la DGSI utilisent des téléphones spécialement fabriqués par Nokia-Alcatel incorporant un cryptage de qualité militaire géré par un OS mobile spécifique, basé comme Android sur Linux mais simplifié et durci pour résister au hacking. Les téléphones du commerce sont en effet jugés trop vulnérables par les services de sécurité qui se désespéraient du prurit sms de l'ancien Président Sarkozy qui mélangeait communications privées et gouvernementales sur un smart phone non sécurisé, ne supportant pas la lourdeur des protocoles sécurisés du matériel labellisé Défense qui, au surplus, ne pouvaient communiquer qu'avec d'autres téléphones 'durcis'. Les téléphones personnels des agents de la DGSI devaient passer à la désinfection chaque mois. Un techos les auditait pour les purger d'éventuels virus notamment backdoor car, même s'il était proscrit de les utiliser pour des communications de service, le risque d'une écoute ou d'un filage des agents existait. Les téléphones personnels devaient être éteints et les batteries retirées à l'intérieur du bâtiment de la DGSI car, même en mode veille, un smart phone compromis peut être activé à distance. Le risque était normalement nul à l'intérieur de l'immeuble dont les murs et vitres étaient protégés par des grillages métalliques microscopiques constituant une cage de Faraday repoussant la réception d'ondes électromagnétiques notamment téléphoniques. La famille devait passer par le standard pour joindre un agent en service.

Malik, perturbé par l'alerte reçue la veille sur l'activation probable de la complice de Jean Le Drenec, avait oublié de sécuriser son téléphone. Malik saisit l'appareil pour le couper mais lut un sms de Madeleine, son épouse : "Allons avec mon père voir le Pape avec les enfants. A ce soir. Bises ". Le sms datait de 8:30. Il l'avait reçu dans le métro mais pas entendu le bip de notification dans le brouhaha de la rame. Malik s'était promis de cesser de penser au travail une fois la porte de son foyer franchie. Plusieurs enquêtes l'avaient exposé lui et sa famille, ses parents avaient été assassinés cf. Double feu, il voulait préserver les siens maintenant encore plus. La veille au soir, il n'avait donc pas fait état de l'alerte terroriste sur la visite pontificale. Madeleine était catholique mais non pratiquante. Omar et Caroline n'étaient pas baptisés. Les deux parents expliquaient Islam et Chrétienté comme deux religions du Livre aux enfants attendant leur douzième année pour leur demander de se déterminer de leur libre choix. Caroline qui n'avait que trois ans n'était pas concernée mais Omar venait d'avoir douze ans et, il avait déclaré avec un grand sérieux à ses parents qu'il allait "réfléchir". Son admiration pour son père musulman et sa tendresse pour sa mère chrétienne lui était un dilemme. En fait, Omar était agnostique et pas du tout mystique, nourri de jeux vidéo et de grand lecteur de romans post-apocalyptique, et fanatique des Hunger games et autres Divergent.

Malik tenta de joindre Madeleine mais elle était sur messagerie. Son beau-père aussi. Probablement déjà dans la nef ou en train d'attendre dans la file. Malik visionna fébrilement les images de surveillance. Il aperçut Madeleine, son père et les deux enfants installés dans la nef. Les faire exfiltrer sans provoquer de panique dans la foule ? Pourquoi les faire partir seulement eux et non toute l'assistance ? Malik hésitait sur la conduite à tenir quand le résultat de sa demande de recherche Morphos s'afficha à l'écran : Odile et Mathilde étaient une seule et même personne ! Le logiciel était formel à 90 %. La doudoune était certainement une ceinture explosive que la terroriste ferait exploser au passage du Pape dans 25 minutes maintenant. Madeleine était à l'abri dans la cathédrale.

Il appela la commissaire Hatta lui dire qu'une très probable terroriste était présente au milieu du groupe d'invités du cardinal André Vingt-Trois.

Game over

La commissaire Hatta faisait au même moment face à la menace d'une bagarre de rue entre Femen et Civitas. Comment neutraliser la terroriste sans lui laisser le temps d'actionner sa bombe. Si la jeune femme tenait en main le déclencheur, à la moindre alerte, elle se ferait sauter. La commissaire eut l'idée d'une ruse pour écarter la menace. Elle joignit l'abbé Pierre Souris à qui elle expliqua qu'il fallait éloigner le groupe du parvis le temps de sécuriser le parvis en interpellant quelques manifestants prêts à en découdre. Il devait reconduire le groupe sous la tente en expliquant que le Pape était retardé et, que compte tenu de la neige qui tombait, il ne servait à rien de risquer de prendre froid. Puis elle appela les gardes du corps du Pape en leur disant de débrouiller pour retarder l'arrivée du Saint-Père d'au moins dix minutes. Elle passa le même message au cardinal Vingt-Trois par l'intermédiaire du premier Vicaire qui se tenait dans la délégation et faisait office d'officier de liaison étant le seul équipé d'un téléphone portable.

Le groupe de VIP, un peu surpris mais discipliné, reprit le chemin de la tente dressé au pied du transept sud de la cathédrale soit à deux cents mètres du trajet du Pape. Odile hésita sur la conduite à tenir. Le retard du Pape la surprenait car le respect de l'heure de l'office était important pour la bonne gestion du direct télévisuel et le Vatican était soucieux de faire de l'image en mondovision. Se faire exploser maintenant si le retour dans la tente était en réalité motivé par une alerte de la police était un pis-aller sur le risque de se faire prendre si c'est elle qui avait été repérée. Les cris confus et un escadron de gendarmes mobiles courant en renfort vers le lieu de ce qui semblait une manifestation qui dégénérait crédibilisaient pourtant le retard volontaire de l'arrivée de la Papamobile qui s'expliquait alors par l'urgence de ramener l'ordre à l'aile nord de la cathédrale. Odile décida donc de rentrer attendre avec les autres pour avoir une chance de tuer le Pape en direct mondovision un peu plus tard.

Quand Odile entra sous la tente, deux Musculors, deux agents du GIGN revêtus de kevlar noir brillant, dissimulés à la sortie du sas de toile permettant d'entrer, se jetèrent sur elle, écartelant ses bras dans une poigne de fer. Impossible d'armer le système de mise à feu de l'explosif. Odile, fut, en un instant, menottée, les bras dans le dos et maintenue au sol tandis que trois artificiers confinaient la jeune femme sous de lourds boucliers de protection de céramique; un officier du GIGN fit évacuer en urgence la tente aux autres personnes.

Les invités expulsés de la tente aperçurent à ce moment la Papamobile qui débouchait du Pont Saint-Michel. Sans prendre garde aux consignes des policiers, les deux cents invités se dirigèrent au trot vers les barrières métalliques, reprenant leurs places.

Les artificiers repérèrent le dispositif de mise en feu de la doudoune, le désamorcèrent, et l'emportèrent pour la détruire en sécurité après analyse. Odile en tenue légère mais complète de scout d'Europe fut conduite à pied au quai des Orfèvres distant de quelques centaines de mètres entre quatre agents du GIGN qui formaient la tortue autour d'elle. Elle fut immédiatement présentée à un juge d'instruction qui la mit en examen pour tentative d'attentat terroriste. Son interrogatoire débuta aussitôt tandis que les cloches de Notre-Dame battaient à toute volée l'appel à la messe.

Game over pour Odile qui, stupéfaite de l'issue de son attentat manqué, se réjouit pourtant à l'idée qu'elle allait peut-être retrouver Jean Le Drenec bientôt à la prison de Fresnes dans le quartier réservé aux djihadistes.

Veillée d'attentat
24 décembre

Jean de la Sainte-Croix qui avait desservi des Complies quand, tour juste ordonné, il avait accompli, grâce à la protection d'une vieille tante, amie du cardinal Lustiger, un stage à l'archevêché de Paris, connaissait les recoins de l'immense basilique Notre-Dame. Il s'était enfermé la veille au soir dans un cagibi de la sacristie qu'il avait fermé à clé de l'intérieur. Le réduit servait de réserve à des porte-cierges rocaille, lutrins chantournés, putti dorés à l'or fin, bâton de bedeau, et autre mobilier de culte déclassé et oublié depuis la modernisation de la nef par le cardinal Lustiger qui avait créé une polémique lors de l'installation de l'autel commandé à Jean et Sébastien Touret.

Le prêtre sédévacantistes, au secret du cubiculum, écouta les papotages des moinillons, venus aider à parer l'église d'ornements, excités comme des groupies par la venue le lendemain du Vicaire du Christ. Il craignit un moment que l'on n'ouvre sa cachette pour ressortir le matériel rococo mais un vieux prêtre expliqua que l'église devait rester sobre car « François n'aimait pas les tralalas ». A vingt-deux heures, les derniers ecclésiastiques quittèrent la sacristie après avoir célébré les vêpres. Puis il entendit un bedeau parler avec un homme. L'homme était, comprit-il, le chef d'une équipe de démineurs qui passaient les moindres recoins de l'église à la poile à frire pour détecter les métaux, accompagnés par le bedeau qui ouvrait au fur et à mesure les grilles des chapelles installées dans les absidioles. Même les troncs furent vidés par précaution. Un appareil portatif permettait de détecter d'éventuels explosifs synthétiques. Une brigade canine complétait le dispositif d'inspection. L'inspection dura jusqu'à vingt-trois heures. Le silence retrouvé de la pierre millénaire rassura enfin l'ancien séminariste qui sortit prudemment du cagibi à minuit passé.

L'immense nef était à lui pour la nuit. Il gravit les quelques marches de l'autel et regarda les rangées de bancs vides alignés sous la faible lueur des éclairages de veille, tels les arrêtes d'un poisson. Ichtus, symbole chrétien, pensa-t-il. Se reprochant ces pensées presque blasphématoires, Le curé égaré sortit de sa rêverie pour se consacrer à la recherche d'un endroit où dissimuler la bombe qu'il avait emportée dans un sac à dos. La bombe était de la taille d'un poste de radio. Demain matin, à l'aube, les artificiers feraient une nouvelle inspection par acquit de conscience, peut-être moins scrupuleuse que celle de la veille puisque l'église était restée fermée toute la nuit. Il fallait trouver un lieu proche de l'autel et suffisamment dissimulé pour échapper à la vigilance policière.

La chaire de prédication en chêne massif, placée à droite de l'autel, était idéale jugea le conspirateur. Lourdement sculptée en style rocaille, la chaire datait du XVIIIème jésuite et tranchait avec la sobriété de la nef. Le prédicateur se dressait à cinq mètres au dessus de la nuque de ses ouailles à qui il promettait le paradis ou l'enfer selon leur vie terrestre, dans une dialectique manichéenne qui avait fait ses preuves pendant des siècles. La loge de la chaire était fermée par un toit portant une ribambelle d'angelots contractés dans les affres de maux d'estomac ou d'extases incompréhensibles, les yeux révulsés, les mains nouées, leurs popotins contournés. Le sculpteur avait ménagé un espace entre la cavalcade divine et la planche formant le ciel de la chaire où, par 'miracle', la bombinette infâme, fabriquée par Martin, trouva place. « Peu probable que les artificiers aient l'idée d'aller promener leurs détecteurs à cet endroit occulte » raisonna le prêtre félon ravi de son ingénieuse cachette. Il y dissimula la machine infernale que Martin devait déclencher avec son portable à dix heures dix précises, au moment où le 'faux Pape' parviendrait à hauteur du chœur. Il allait, lui, tel Erostrate qui avait incendié le temple d'Artémis, reconstruite pour être à nouveau démolie par Jean Chrysostome et ses colonnes détournées pour construire Sainte-Sophie, restaurer la Sainte Eglise en provoquant la mort de ce Pape apostat. Saint-Michel moderne, il allait porter le glaive de la vraie foi dans la Babylone romaine !

Jean de la Sainte-Croix était le nom choisi par le conspirateur lors de son entrée dans une communauté religieuse dissidente de l'ordre des Déchaussés (les Franciscains) qui vivait dans un ermitage perdu dans les brutales Cévennes, terre de déluge et de sécheresse, terre de prédication contre les Parfaits (cathares), terre de persécution des protestants par les dragonnades de Louis XIV. La prière, les mortifications et le dur travail de la terre rocailleuse n'avaient pas suffi à apaiser l'âme exaltée et guerrière du mystique. Jean Sanfoi, de son vrai nom, qui se vivait de la race des Templiers missionnaires prompts à occire les Sarrazins, de celle des prêtres qui l'épée au côté et le crucifix à la main allaient à l'avant de bandes de soldatesques espagnols ou portugais partis piller l'or inca.

La vengeance divine était en marche, s'exaltait le fou qui déambula jusqu'à six heures dans l'église éclairée de la seule lumière des luminaires de sécurité, car les bedeaux éteignaient les cierges par précaution tous les soirs, ne rallumant que les plus grands à l'aube, avant les matines, récupérant la cire des restes de bougies pour se faire un maigre casuel. A six heures moins cinq, il s'enferma à nouveau dans la réserve de mobilier religieux, comptant sur la confusion de l'explosion pour s'enfuir de l'église.

St Martin,
protecteur de la France
25 décembre

Martin avait pris, dès 8:00, place, parmi les premiers, dans la file patientant pour pouvoir assister à la messe d'action de grâce. A 9:00 il put se placer dans l'une des premières travées, juste dessous la chaire de prédication. Il avait reçu un sms codé du prêtre sacrilège, son complice, infiltré dans l'église. Jean de la Sainte-Croix écrivait : "Colombe lâchée". Curieux message pour un geste qui allait décapiter le trône de Saint-Pierre et causer la mort de dizaines d'innocents. La solennité majestueuse du navire de pierre emplit Martin d'une émotion mystique. Il était au cœur du vaisseau amiral de la chrétienté parisienne. Les vitraux étaient à peine éclairés en cette aube hivernale. La lumière des cierges des chapelles rayonnantes faisait apercevoir des bribes du livre d'images des écritures en vitraux :

le Christ portant l'agneau, la flagellation, l'Assomption de la Vierge Marie.

Martin rêvait, déchiffrant la bande dessinée d'images pieuses, dans le bruissement des paroles échangées à voix basse par les assistants. Certains dévots agenouillés sur le pavé glacial, priaient. Le garçon pensa à Clothilde; Clothilde close en son couvent qui se faisait une joie d'assister en direct à l'office, par la bonté de l'évêque, qui avait autorisé les recluses à disposer le temps d'une messe d'une télévision pour suivre l'émission de la chaîne Kto. Martin réalisa qu'Odile allait peut-être le voir quelques instants à l'image, juste avant l'explosion et la panique. Le doute, le doute l'envahit. Sauver la Chrétienté en assassinant le Vicaire du Christ était-il vraiment la voie ? N'était-il pas plutôt apostat en se livrant à ce crime ? La tristesse de la perte d'Odile, la solitude l'égaraient. Le souvenir de la nuit de leurs fiançailles presque morganatiques troubla sa chair. Il désirait Odile de tout son corps. Libidineux, honteusement priapique à l'évocation des reins de koré de la jeune fille, il se raidit sur son banc voulant chasser cette vision comme Saint-Antoine les goules venus le tenter dans le désert. Ce n'était pas Odile qui lui inspirait ces pensées voluptueuses, c'était le diable sous la forme d'un succube. La tête lui en tournait. Il regarda l'horloge de son téléphone. Encore vingt minutes et il serait débarrassé de cette enveloppe charnelle qui l'encombrait. Il s'efforça de réciter son Pater mais bloqua dès le premier récitatif; il lui semblait être impie de s'adresser à Dieu, lui qui avait déjà du sang d'innocents sur les mains.

Un vitrail s'éclaira au soleil levant à sa droite, au sud de la nef. La scène représentait un baptême, non celui du Christ, celui d'un saint; Saint-Martin indiquait le nom en caractères gothiques. La vie de son saint patron revint à l'esprit du suicidaire. Né hongrois, soldat païen converti contre la volonté de son père, venu en France catéchiser. L'apparition de la représentation de son saint patronyme frappa Martin avec l'évidence qu'il avait ressenti en découvrant la Vierge noire en l'église de Rocamadour. Martin réalisa qu'autant qu'une quête, c'était une fuite, la fuite devant la vie, qui le chassait hors les chemins de la chrétienté.

Le flux des fidèles entrant un à un par la porte nord cessa. On entendit des rumeurs, des cris, une foule en émoi, puis plus rien. La porte fut fermée et, sacrilège, un homme en armes, un policier, se tint les bras croisés devant elle, surveillant l'assistance. Seuls les premiers rangs de bancs étaient occupés. Se retournant, Martin vit la nef déserte, l'église dépeuplée. Quelque chose de grave s'était passé mais quoi ?

Juste devant lui, une mère faisait patienter deux enfants, une petite fille de trois ans et un garçonnet d'une douzaine d'années. Un homme, le grand-père probablement, lui avait confié son smart phone avec lequel il jouait à des jeux vidéo. « Omar, range ce téléphone maintenant » ordonna la mère. « Bizarre comme nom chrétien ! » se dit Martin qui dévisagea un instant la maman, une parisienne manifestement. Un mariage 'mixte' en conclut Martin.

Les cloches battant à toute volée ébranlèrent la voute de pierre.

Le Pape était en retard. Les portes massives, sous le tympan sculpté du triomphe du Christ siégeant au Paradis entouré de ses apôtres, seraient grands ouvertes pour marquer le Jubilé. Elles seraient fermées à la clôture de la messe concluant l'année sainte. Dans la cité interdite à Pékin, seul l'empereur empruntait la porte du milieu, les courtisans de premier range, la porte du sud, ceux moindres la porte du nord. Il en était de même dans le protocole catholique. Le pape entrerait par la porte du milieu.

L'accès était maintenant interdit à la cathédrale. Martin observa les desservants déjà présents derrière l'autel, en grand surplis d'apparat; certains vieux vicaires portaient même des rochets de dentelle, ressortis pour cette occasion exceptionnelle. Une certaine fébrilité de la part du clergé attendant le chef de l'église catholique et romaine était palpable; l'excitation de vivre cette messe d'action de grâce qui ferait date dans leur vie ecclésiastique ou une inquiétude nouvelle ? Et si le Pape ne venait pas. Si la confusion à l'extérieur empêchait la célébration. Des mesures exceptionnelles avaient pu être prises pour prévenir un risque nouveau.

Martin s'attendait d'un instant à l'autre à une annonce du report voire de l'annulation de l'office religieux. Que ferait-il alors ? Faire exploser la bombe quand même ? Mais à quoi bon ? Quitter la cathédrale comme un lâche abandonnant son complice à une arrestation certaine ? Appréhendé, le prêtre relaps pouvait le dénoncer et ils finiraient tous deux en prisons, ridicules d'un attentat manqué, orphelins d'une vengeance.

A grand fracas, les deux énormes battants du portail sculpté furent ouverts par deux bedeaux. L'assemblée des fidèles se retourna. La rumeur du parvis entra avec quelques flocons. Martin vit au loin la Papamobile entourée d'une escorte de gardes du corps. Il sortit son téléphone portable se tenant prêt à déclencher la bombe. Le téléphone, qu'il avait mis en mode vibreur, frémit dans sa main. Un sms de Clothilde ! Comment la moniale avait-elle pu se procurer un téléphone alors que cet outil moderne était interdit par le règlement de l'ordre ? Martin hésitait à ouvrir le message. Il se sentait confusément coupable, un peu fâché aussi, contre Clothilde. Si elle l'avait aimé, si son amour terrestre l'avait emporté sur ses fiançailles mystiques, il ne serait pas là, à quelques minutes d'une mort dont il sut qu'elle le conduirait en enfer. Il ouvrit le message d'Odile.

« C la teuf ici ! Télévision + 3 sms autorisés ! 1 pour être avec toi qui e si près du St Père ! Alléluia ! »

Le salmigondis de mots profanes et d'exaltation religieuse fit sourire Martin. « Complètement folle de Dieu! » s'amusa le garçon avec attendrissement qui décida de continuer à l'aimer, de cet amour 'fraternel', forcément platonique.

« Super ! Je t 'envoie un selfie avec François » écrivit en réponse Martin n'osant pas se confier sur ce téléphone prêté mais par qui ?

Le Pape François rayonnant d'amour fraternel entra dans la cathédrale bénissant d'un sourire et des doigts croisés chacun et chacune.

Le cœur de Martin était si empli d'amour qu'il pleura sans pudeur, qu'il pleura de joie de se sentir vivant, ressuscité par la foi et l'amour d'Odile.

Martin avait décidé de ne pas déclencher la bombe.

Epilogue

Le Pape François célébra la messe d'action de grâce puis prononça une émouvante homélie où il expliqua que la rédemption était en ces temps troublés par le regain de folie meurtrière des hommes au nom de la religion encore plus nécessaires. Il évoqua avec force la mémoire du cardinal Lustiger qui avait été un trait d'union avec le peuple juif et adressa à l'islam un message de fraternité. Le Président François Hollande, était, opportunément en voyage diplomatique aux Emirats Arabes Unis, emportant une hotte d'avions Rafale. Le Premier ministre Manuel Vals, n'annonça pas de bonne nouvelle, malgré son prénom (Em)Manuel, mais, soucieux de renforcer l'ancrage à la gauche volontiers anticléricale, adressa un message de bien venue compassé au Saint-Père, adoptant une ligne de 'laïcisme négatif' comme titra Libération, par antiphrase au 'laïcisme positif' de Nicolas Sarkozy. Bernard Cazeneuve faisait le boulot, avec dignité et componction. La chaine Kto brodait sur les "relations complexes" entre le Vatican et sa fille aînée.

Jean Sanfoi après avoir entendu les murmures du début de l'office, attendait le bruit d'une explosion. Comprenant que l'attentat était manqué, il avait tenté de s'enfuir à l'anglaise par la porte de la sacristie donnant sur la nef mais avait été repéré par un bedeau qui donna l'alerte. Interpellé, le prêtre aux intentions criminelles donna des explications confuses qui lui valurent une garde à vue immédiate. Un paquet contenant une bombe fut découvert trois semaines plus tard par un bedeau enlevant les toiles d'araignées. Les empreintes digitales du prêtre lui valurent une inculpation pour tentative d'attentat.

Après un premier interrogatoire, Tradoct, inculpé de tentative d'attentat terroriste, avait lui été incarcéré à Fresnes, la 'Géhenne' selon ses mots.

Odile, inculpée fut également transféré, heureuse, à Fresnes où elle espérait croiser Jean Le Drenec à la promenade.

La presse relaya ad nauseam les images des échauffourées entre catholiques intégristes de Civitas et Femen. Les sites et blogs des deux clans échangèrent des anathèmes. Les complotistes virent la main d'Israël dans les désordres de la visite pastorale. Les atlantistes 'démontrèrent' que la CIA tirait les ficelles. Les Femen montraient complaisamment aux télévisions leurs horions bleuissant leur corps encore une fois complaisamment dénudés pour l'occasion.

Le Pape François était rentré à Rome, ayant quitté la France, la fille ainée de l'église mais pas la plus fidèle dont il avait critiqué la « laïcité exagérée » dans une interview à La Croix.

Martin/Clovis rompit avec le cercle Durendal et, touché de la grâce de l'évangile vécu par François, décida d'être digne de l'amour chrétien de Clothilde.

Clothilde avait beaucoup pleuré en suivant la retransmission télévisuelle de la messe célébrée par le Pape. Sa foi en avait été affermie mais elle doutait maintenant de sa vocation ne sachant pas si elle aurait la force de caractère pour s'oublier dans l'amour des autres. Elle pensait avec attendrissement à Martin qui lui avait avoué le rôle de son sms dans son illumination.

Malik Benamar écouta avec attendrissement le récit d'Omar sur la cérémonie, la pompe du rituel, le rugissement des grandes orgues au moment du Te Deum, le « monsieur tout en blanc avec une calotte de prière » qui avait posé la main sur la tête de Caroline en lui souriant gentiment. « Après un cardinal né juif, un cardinal né arabe ? » blagua Malik. Madeleine, la maman, rétorqua doucement : « A moitié arabe, à moitié caucasien comme vous dites vous autres les flics, un bon français quoi! ».

Le 25 décembre à minuit, quand les enfants furent couchés, Madeleine se lova contre Malik et lui avoua à l'oreille qu'elle était enceinte.

Sommaire